為什麼 你不問我 為什麼

廖玉蕙作品集 11

廖玉蕙……著
蔡全茂……圖

在雲端相逢（自序）

臉書於我而言，純粹記錄生活並抒發個人情感而已，若能和朋友分享生活滋味算是額外收入，心理原本沒有任何負擔。然而，寫著、寫著，引發若干朋友的期待。兩日沒有PO文，竟然收到不同程度的反應。

臉書上的訊息不斷捎來：

「你生病了嗎？為什麼兩天都沒寫東西出來！」這是善意的關切。

「你發生了什麼事？這兩天上來都看不到文章，好失望。」這是婉轉的呼喚。

「出去旅行了嗎？也可以寫寫旅行見聞哦！」這已經不止於諄諄善誘，而是乾脆直接下場指導了。

更有甚者，還捎來這樣的警告：「是怎樣！不管我們的死活了嗎？請動作快一點！不要辜負臉友的期待。」這簡直無異於無理的催迫了。PO文彷佛成了學校的作業，得剋期完成。不過，也由於臉友如此熱情的期待，我因之養成有恆的書寫習慣，算是意外的收穫。

沒想到的是，這些PO文，竟然引來出版社的興趣，紛紛來電表達出版意願。我的老東家九歌總編輯陳素芳身手麻利，早就盯上。如今，選擇其中有關個人情性、家庭互動的部分，集為一書，開始掃圖備用，編輯也屢屢前來催促，而一如以往，最困難的決定總是在書名。

先前相中《飯桌上的問答題》，編輯和一干文友都說不錯，簡單扼要，切中內容；兒子臨出門去紐約前，力排眾議，認定題目欠新鮮。他說，既然內容攸關家庭互動，主張不如大膽些，題為《為什麼你不問我為什麼？》先前，他每天下班回家，媳婦總以這句話作為他們說話的主要對白；這些日子，搬回我們家裡暫住，赫然發現我和外子的對話中也老聽到這句，意外的巧合，凸顯兩性差異卻也泯除了世代隔閡。

前些日子和幾位文友到淡水遊玩，我試著徵詢意見，沒料到這些年長的朋友都投票《飯桌上的問答題》；而可怪異的是，我在學校裡試著在上完研究所課程後提出，竟然毫無例外的，學生全都投票《為什麼你不問我為什麼？》，難不成在書名的抉擇上果真有所謂的世代差異存在！

以此之故，倒引發我的好奇，並興起隔空徵詢意見的念頭。於是，我商請臉友們幫忙，在比較喜歡的書名中二擇一按「讚」，幫忙我取書名時下定決心。

沒料到朋友反應熱烈，不旋踵間，投票的按讚紛至沓來，《為什麼？》以壓倒性的票數奪魁。

有意思的是，這本由臉書上的文章集結而成的紙本書，真是徹底出自雲端之作，連命名都由臉友們共同決定，這是我寫作生涯中非常新鮮有趣的經驗。可惜的是，因篇幅限制，無法將臉書朋友透過雲端的精彩機智回應一一納入，算是成書過程中的小小遺憾。

有人說，臉書的發展使人際的互動更加疏離，更加遙遠且不可靠；而我卻不以為然，它的迅速便捷，以我的經驗看來，只要運用得法，它其實也在某種程度上縮短時間和空間的距離，讓幾年收束於一瞬、千里之外猶如比鄰。它的優缺點關鍵處，在於使用者的心誠與否。若心意懇摯，溫暖的傳送無遠弗屆；若存心歹毒，其實不必假藉雲端，詐騙依然橫行。

我使用臉書年餘，心得是：除了排遣胸中塊壘、平添生活滋味、得到許多新資訊外，也在雲端與散落天涯海角的故舊門生重逢，並認識各行各業的新朋友，彼此互通體驗，真是不亦快哉。

廖玉蕙 於二〇一二年七月十日

目錄

輯二　我的親情三溫暖

輯三　我的老症頭

輯一　我的中古好男人

渴 念

挑起慾望

回鄉下，漫步小路上。路旁，纍纍的荔枝和檨仔在在強烈挑起人類的劣根性，可惜隨行的家裡那位監察官鷹眼閃爍之不足，還一路碎念公民與道德，期待娶到的是位堂堂正正的妻子，即使是分明沒有主子而孤獨佇立河邊的荔枝，他也婉言督責太太：要做個有品德的人。所以，太太只能做出符合品德的事，譬如假裝拍照趨近，偷偷用手摩挲，乾過癮。沒料到一位檨仔樹的主人老婆婆，非常通情達理（一定是看出女人那即將從口中懸滴出來的口水），慫恿摘上幾顆。

「歹勢！只能用鹽醃再加糖做成檨仔青，還不能生吃。」老婆婆不好意思的說，還提醒摘的時候不要被檨仔的乳汁噴到身上的衣服，非常難清洗。太太想假裝客套，可是止不住前奔的腳步，「那就摘一顆吧！」她邊跑邊說，話聲未了，檨仔已然落到掌中。

哇！肥碩得讓人驚豔，太太的雙手止不住發抖起來！

老婆婆再度大方勸說：「多摘幾顆吧！」五十公尺外正拿筆畫著風景的那位監察官，眼睛陡亮。識相的太太於是放聲喊：「先生！你也來摘一個吧！」那位高風亮節的男子瞬間不顧形象地拔腿狂奔起來，像風一樣。於是，幾顆樣仔，就此全離了枝。他們向老太太鞠躬再三，轉身回家時，監察官還不忘殷殷交代：「就要這樣徵求同意，知道嗎？」彷彿太太只是三歲孩童。

如願掀開且翻轉了少年時的願望

前晚，搭國光號從第二航廈回台北，夫妻二人就選了一上車的前排右手邊位置坐。窗子的左下角處，明顯一張朝內放置的標示「台北—南投」就插在可以替換的一個透明壓克力盒內。不知道為什麼，我屢屢萌生強烈衝動，想將字卡取起反向擱置，讓外頭的人誤認此車是開往南投。

半途中，意念強烈難忍。我剛伸出手，外子即刻警覺，厲聲問：「你要幹什麼？」我像被逮到的現行犯，囁嚅：「沒有啊！只是想給它翻個面而已。」這時，我才知道，原來我的原始欲望只是想要像電視上益智節目的主持人一樣，問受測人：「你們知道這輛車是從台北開往何處嗎？」然後，故弄玄虛地用手在答案卡上磨蹭幾下，之後，忽然快速翻轉，將答案翻出來給觀眾看。從小，我就覺得那真是一個非常帥的舉動。

外子不答應，說不該動人家的東西。「可是，並沒有任何妨害啊！所有乘客都就座了，外頭黑漆漆的，誰也不會上當啊！司機也不會因此開去南投啊！」

家裡的糾察隊還是堅持。甚至還揶揄我：「為什麼你總是有些奇奇怪怪的念頭，如果你是無知的小女孩也就算了，堂堂大學教授怎麼……」

大學教授又怎樣！人生立刻就要變成黑白嗎？我退而求其次：「那我可以抽出來看

一下嗎？讓我享受一下翻動的快感。」

外子睨了我一下，幾乎不想講話了，我知道他一直認為娶了個怪咖，而且越老越怪。我拉拉他的手乞求，他皺眉說：「快感！這有什麼快感！沒有人這樣的啦！」我負氣不說話了。我幹嘛徵詢他的同意！女人出頭天，想做什麼就做什麼，幹嘛還要問他！我恨恨地想。可是，心裡隱隱然知道，我其實是個沒膽識的豎仔，我在找人分攤風險，有人背書後，萬一被指責，可以躲在他身後。可是，他顯然不願意用身子幫我擋。

重慶南路的啟聰學校站，有人下車。司機下去幫忙開行李廂上來，看了我一眼，問我：「這麼快就接到人了？」原來他錯認我是剛剛搭他的車到機場的乘客。我趁機迂迴小聊，就從這塊到南投的牌子說起，然後，趁勢請示他可否讓我翻一下。一刻也沒遲疑的，他的「沒問題！」跟我的手同步進行。哇！我終於如願掀開且翻轉了少年時的願望，像打開一只潘朵拉的盒子，許多被埋藏的祕密和欲望在那一轉手間源源傾洩出來。

糾察隊長一語不發，露出無奈的苦笑。

中古好男人

前日，出門應酬。因為估量時間尚有餘裕，且當日著一新購氣墊皮鞋，據店家說，可以輕鬆步行甚遠，也不疲累。

冬陽微微，正是最好的散步天。於是，我建議漫步前往，外子欣然附議。

我們沿著中正紀念堂白色圍牆旁的步道行走，一邊毫無心理負擔地聊天。外子兩手空空，我則挽著一只手提包，醒眼的豔紅色。

一時興起，我將紅皮包遞給外子，想趁勢邊走邊甩甩一直麻著的手。沒料到走在靠圍牆的外子竟然在猝不及防接過皮包的剎那，急急轉身面壁，樣子似乎想找個地方藏匿皮包。動作之迅疾，可知他內心之惶惑及表像之尷尬。

那種反射性動作看來好不滑稽，一只紅皮包竟讓他感受如此窘迫！

「一個男人拿著紅皮包走路！像樣嗎？就像一位國軍軍官扛著一袋米走在路上一樣的突兀啊！」他辯解著。

是啊！我記起從前在軍校教書時，就聽說穿著制服的中華民國軍官被規定不能打傘、不能抱小孩、不能騎摩托車、不能跟女生牽手走路，因為那樣看起來有損軍威。當時我聽說了，還跟學生開玩笑說：最好也規定不能上廁所。

如今，好幾十年過去了，外子卸下軍職也已然多年，老習慣附身，不易更改，連一只紅皮包都讓他感到非常不自在。

回家後，跟女兒提起，女兒譏笑爸爸跟不上時代，說：「昨天，我跟同學一起南下吃喜酒，我同學的皮包都嘛是她男朋友一路提到底的，有什麼好害羞的！人家新好男人都是這樣的。」

他爸爸淡然回說：「我是老派人，不是新好男人。」然後，默默走開。

我的丈夫的確不是「新」好男人，充其量只能說是「中古」的。

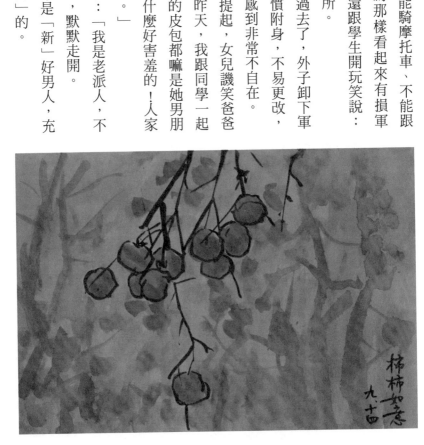

除了丈夫之外的男人

下午，去新北市客委會評選案子。

參與類似的公共工程評選，通常以男性委員居多，今天也一樣。外聘委員三名，連同客委會內部委員二名，只有我一人為女性。

主持人為客委會主任祕書。在評選結束，正等著結算總分的當兒，坐在我右側主席位置的主祕客氣地和我交換名片，並告訴我，他是從我正任教的國北教大畢業的，其後再去考師大，洪冬桂教授曾教過他。然後，在場的幾位男士就順著國北教大和台大合併案的主題發展話題下去，講了好半晌。

評選結果出爐，會議終告結束。我和另兩位外聘委員結伴往外走，其中一位指著右側說：「電梯就在此處。」我搖頭告訴他：「不行！我人笨，得循著剛剛來的路線回去，否則會找不到停車的地方。」那位委員說要去搭捷運，於是，跟我們說再見，搭乘右側電梯去了；另一位委員在後來的對談中得知是師大音樂系教授，他的車跟我停在同一區，我們結伴同行，搭乘東側電梯。

電梯下到一樓，大部分的乘客都下去了。電梯外忽然看到熟悉的身影，師大教授笑著打招呼：「欸！怎麼又在這兒見面了！」我也堆起滿臉的笑容搭腔：「是啊！剛分手又見面。」那人忽然擋下徐徐關上的電梯門，擠身進來說：「那我還是陪你們下去吧！」

「真是纏綿啊！」我心裡想著。居然不去趕搭捷運，還要陪我們去停車場！

到地下室後，師大教授往左走，我得往右去，那位纏綿的委員做了抉擇：「那我就陪廖教授去找車吧！」天啊！該不會對我有意思吧？我心裡暗暗一驚。

實在不習慣跟陌生男子獨行，僵著也不是辦法，我找話搭訕。嗯！就從身分識別開始吧：「請問您現在是在哪個學校教書啊？」那位男子臉上閃現一絲狐疑的表情，隨即恢復鎮靜，回說：「是這樣的……嗯……我原先就是國北教大畢業的，後來又去念師大，……嗯……」好熟悉的句子！……天啊！他原來不是那位趕搭捷運的委員，而是擔任主席的主祕！

真是太失禮了啊！明明剛剛還跟他面對面大聊了許久國北教大的未來哪！

原來，所謂良家婦女就是這樣的：除了自己的丈夫外，其他的男人在眼中都面目模糊地長成同一個樣子。

小金橘
2/23

智救良人

欺善怕惡的血壓機

自從外子被宣告血壓過高，必須長期服藥之後，我們立刻一口氣買了幾個血壓機。有迷你手腕型、電子血壓機，也有傳統聽筒式。機器來了，少不得每個人都玩玩，於是，全家頓時陷入量血壓的狂潮中。早也量，晚也量。

幾回下來，我開始懷疑血壓機的誠實性。

常常不小心量出驚人的數字後，不甘心，又量一次，忽然數字直線下降到可以接受的程度，怎會這樣？不相信，

再量一次，居然達到滿意度百分百！

原來血壓機也欺善怕惡，常常喜歡惡作劇一番，胡搞瞎搞。你只要威嚇它一下：「你最好給我老實一點！」它通常立刻不敢搞怪，乖乖吐實。

所以，只要外子的高血壓數目字量出來不理想，我總是對著血壓機或柔情喊話：「好了！別鬧了！乖乖的。」或恨聲斥責：「再搞鬼，掐死你！」通常隔幾分鐘後，都有比較滿意的數字出現。你們相信嗎？

Why me?

「過年期間，得多注意血糖、血壓的狀況。」外子從正看著的報紙中抬起頭提醒。

我想起家裡當年為母親購置的血糖機不知為何故障了，一直想找機會去修理，卻光說不練。

「是啊！講了很久要去修血糖機的，一直沒去。行動能力很差呀！」我自言自語。

「Why me？」外子忽然對著報紙回答。

哦！這人防禦心很強哦！

是啊！Why me？你說：「Why me？」我也說：「Why me？」那麼，究竟應該誰拿去修理呢？

我想起我曾經針對此事有過相關的意見發表：

「男人被社會期待所制約，一向以國際民生為己任，所以，不慣從事看起來沒什麼成就的小事，當他們在做這些事時，便覺得委屈萬分。他們寧可去搶銀行，鬧出點動靜來，也不願在郵局的櫃檯前架起老花眼鏡仔細填寫提款單，因為那樣讓人看起來顯得小頭銳面，不堪重任，台灣的男人一向是被期許成為國之棟樑的。」

Why me？修血糖機！別開玩笑了，他先前從事的可是攸關國家安全的國防業務啊！

由父皇直接退回僕役

丈夫身體違和。跟他說著話，回話字數越來越稀。滔滔自言自語的太太，一伺警覺情勢危急，男人已達無言境地。忙不迭地扶他上榻歇息，侍奉湯藥，又是按摩又是量血壓，簡直拿他當皇上對待，他也不客套，就由著太太忙上忙下。午睡醒來，依然不清爽。靈機一動，太太取出萬應膏，幫他刮痧。洗過澡後，不到半個時辰，他便又恢復好漢一條。

妻子自覺智救良人，功比緹縈救父，得意洋洋。正好女兒自外頭倦遊歸來，成了第一位被通報者。少不得將服侍經過加油添醋成神蹟般的拯救工程。女兒駭問：「父皇如今安在？」「倒垃圾去了！」

恢復健康的第一時間內，父皇直接退回僕役身分。

湯圓與散步

四個湯圓與一萬步

散步出去吃午餐，順便到紫藤廬看吳耀忠先生的畫展。

一路上，順手拍攝台北的巷弄。

從金山南路繞道潮州街吃飯，再穿過麗水街的巷子到「珠寶盒」買麵包；接著走青田街到和平東路繳遠傳電話費；最後轉到新生南路紫藤廬看展。

回程走不同的道路，在小巷弄間穿梭，看到許多讓人驚喜的美景：

枯枝乍然爆出的綠葉；垂吊在鵝黃牆壁上的粉紫花朵；上頭枯萎成灰、下頭卻橘紅豔異的挺立楓

樹；垂竹掩映的紫藤廬；被叢綠包圍的屋宇……然後，我們在和平東路行道上的木椅上歇了歇腳，再沿著金山南路昔日的監獄圍牆旁細長道路回家。

半途，我問外子：「今天我們走了可有萬步？」

「大約吧。」

真是成就非凡啊！對我這個一向惜「步」如金的人來說，忍不住要讚嘆自己了。

一轉身間，老字號甜品湯圓專賣店「政江號」忽焉在目，應該好好慰勞一下吧，我想。

「我們進去吃……」一句話沒說完，我將即將踏入的腳硬生生收回。

昨天的報紙上寫著：「吃四個湯圓得走一萬步才消耗得掉！」

如果一腳踏進去，今天的一萬步就算是白走了！才不上算哪。

省下四個湯圓之後

下午省下四個湯圓之後，自覺自制力驚人，應該得到獎賞。

於是，回家後的第一件事，就不顧出門前已然喝了咖啡，再按了杯咖啡配幾顆巧克力，慰勞我的堅苦卓絕。

吃完晚飯後，想起冰箱內的兩塊起司蛋糕，便興高采烈又煮了兩小杯咖啡，和外子一起享用。

晚間十點左右，收拾東西，中午在「珠寶盒」買的一塊長方型披薩赫然出現眼前。「哎呀！不趁新鮮吃了，可惜啊！」於是，又急急將它烤了，二人分食。

吃得心滿意足的我，抹抹嘴巴，跟外子說：「我們真幸福啊！除了豪宅買不起，名車不想買之外，想吃什麼，就可以買什麼來吃。」

讚嘆再三之餘，忽然想到今天為了省下四個湯圓，總共多喝了兩杯咖啡、幾顆巧克力、一塊起司Cake外加一塊披薩！

這樣的年齡，這樣的吃法！是「趕」死隊啊？

我們再也回不去了！

今日，在新光三越A4館「鳥窩窩」和學生袁貓及其妻、兒聚餐後，帶著既興奮又忌妒的心情分手。本想逛逛，為自己買雙舒服的冬鞋，誰知一眼望見頂級貴婦百貨公司

Bellavita，想到朋友Y曾在某日中午在二樓的「a3」請我們吃飯，讓我和一干女友們當了一個下午的貴婦，於是，便帶著外子和女兒去見識見識。

一進門，先領著去看超貴的湯匙，跟早市中賣的幾十塊錢一枝的湯匙，如果沒有細看，其實沒有大差別。但擺在Christofle高貴豪華的店內，身價立刻飆漲成六枝18000元，每枝3000元。鑲著銀蓮花的小托盤，有金、銀兩款，倒真是讓人神魂顛倒，每個要價63000元；同款花器則是103000元。

出門後，我幽幽對外子喟嘆：「即使是我的生日，即使我很喜歡，你也不會買這樣的禮物給我，對不

對？」外子低頭沉吟了半晌後，慷慨回說：「你九十歲的時候吧。」

他以為我活不到九十歲？我氣了！大聲告訴他：「為了這個禮物，我一定掙扎著活到那個歲數，別以為你逃得過。」他笑了，我聽到他悄聲告訴女兒：「我真心相信她活得到九十歲，但也相信自己活不到，所以……呵呵……」這傢伙心機真的很重！但是，我絕不讓他得逞：「哼！別以為你那麼容易逃過，從今以後，為了這個托盤，我要好生

伺候著你！絕對讓你至少活過九十三歲！」（他九十三時，我正好九十，看看我的算術可厲害了！）

緊接著的梵克雅寶（Van Cleef & Arpels），我們連大門都沒進，光在櫥窗外，看著一副耳環要價1348000，就讓我肝腸寸斷；轉到樓上，SALON DE THE de Joél Robuchon的法式下午茶，以鮮豔的紅色召喚著我們。外子應該是為方才的謀略感到慚愧吧，所以，在我心灰意冷提出需求後，立刻反常的積極響應（平日一定會說：幹嘛在外面喝咖啡！家裡的咖啡好喝多了，浪費錢。）我們各要了一杯咖啡，並象徵性點了一甜（巧克力薄餅）一鹹（培根派）的點心，一邊聽著戶外演奏的爵士樂，一邊談笑。

我悵然如電視上的犀利人妻，撫著丈夫的臉說：「我們再也回不去了。」意思是說：前一陣子，到麗水街的「珠寶盒」買了貴死人的蛋糕之後，緊接著又在這裡閒閒地喝下午茶。外子也緊張地感慨回答：「是啊！由儉入奢易，由奢入儉難啊！做過了貴婦之後，難啊。」啊！這誤會可大了！我的意思其實是指：「身材再也回不去了！吃了這麼多的甜點。」外子緊皺的眉頭瞬間舒展開來，輕鬆地呼了一大口氣。

長命百歲的祕方

兩人對坐閒聊。

「我覺得我能活很久，你相信嗎？」

「相信。」外子不加思索回答。

「回答太快，應付了事，沒誠意！……說明根據的理由。」

「因為你樂觀啊，每天窮開心的。」

我笑了！理由正確，正合我的意思。外子獲得短暫安寧。

五分鐘後，我想想，不妥。

「不過，我覺得如果你沒活很久，我應該也活不了太久。……你知道為什麼嗎？」

「不知道。」沒有經過大腦的回答，我很不滿意。

「想想嘛！」

「你每天給我做益智問答，是怎樣？怕我得老人失智啊？你自己說啊。」我感覺他嘴角隱約有點得意的笑。

「你可別誤會以為我情深意重會殉情哦！……猜猜看嘛。」

「每天腦子裡一堆奇奇怪怪的想法，誰知道你又想到什麼！」

他不肯猜，我只好公布答案。

「因為沒有你幫我提醒這、做那個的，我根本沒辦法自主生活。」

「那簡單！請個佣人即可，你叫她做啥、她就做啥。」

「那有什麼意思！沒有一點腦力激盪，人生有什麼意思！譬如：今早我問你：『我們好像還沒喝咖啡。』你就回說：『我從起床一直忙到現在，哪有時間喝咖啡！』這就激勵出我的羞恥心、反省力，達到悔過的正面功效，使我的人格每天都更加成熟一些。」

他用奇怪的眼神看我，不知如何回答，好像我說的是外星人的語言。

這時，天色乍然轉亮。外子高興地轉移話題：「太陽出來了！晾在走道上的衣服可能需要拿出來晒哦？」

「這句話有什麼暗示意義嗎？」我問他。

「沒有。」

「我怎麼感覺是要我把衣服移出去晒的暗示？」

「你想太多。」

「好啦！為了活久一點，我決定自力救濟，做些家事。」我很有精神地從沙發上跳起來，拉開紗門出去。

「喂！晒的衣服、被單太重了！你怎麼一個竿子晒這麼多東西。」我在走道上喊。

「我知道你這句話的暗示意義了。」外子邊拉開紗門走出來邊說：「看起來我非活久一點不可了，要不然你要活到很老真的大有問題。」

比一比：男人和女人的心胸

今早，出師不利。

一大早到台中豐原的國家教育研究院演講，車子開進院門，有位小姐指揮著，告訴我：「停到那邊鋪著磚塊的地方。」我眼尖的發現前方灰色磚塊區有一空位，本能地認定是給演講者預留的停車位，便不假思索停了進去。位置非常狹小，一不小心，「咚！」一聲撞上了右邊的紅車保險桿。指揮的小姐氣急敗壞，跑過來斥責：「不是跟你說了，停那邊的磚塊地嗎？」她指著遠方的另一個停車場，這次，手勢十分精準。我擠出車外，囁嚅著：「我以為你說的是這個磚塊區。」地上分明也是磚塊鋪成的，只是一灰、一紅。顯然先前她的手勢不夠分明，而我的判斷太過一廂情願——以為演講者會被優待，依照往常慣例。

只好乖乖把車倒出，循指示前往。停了車，回到原點，我告訴那位指揮的女士，請把車號記下，等會兒尋得車主後，我會麻煩她修理過後，寄下帳單，我將如數賠償。她還要說些什麼，我趕緊道歉並告訴她我是來演講的，這時，我明顯感覺她有些不好意思了，想必是為了剛才的氣急敗壞，語氣變得溫柔，「果然演講者是有些優待的。」我心想。

其後，我在演講場合自招罪行，自尋車主，自行溝通。車主是位穿粉紅洋裝的女老師，人很客氣。下樓查看後，說只是輕傷，不用賠償，強調看起來凹進去的傷口是舊傷，「請老師不用擔心。」我懷疑她的說辭是為了寬慰糊塗的演講者，覺得自己無端被寵溺著，很不好意思。可是她堅持，所以，我決定接受寵愛，請她留下地址，等回台北後寄贈簽名題字書。正所謂：「秀才人情紙一『疊』」啊！

中午回到台中老家後，依照慣例，招了兄姊嫂子回家，陪不良於行、終日鵠候我回去幫他安排牌局的二哥打麻將。因為不習慣早起，昨晚有些緊張，因而失眠，午後的麻將打得有些疲困。等眾人飯後返家，我決定上樓用大型沐浴桶好好泡個熱水澡。臨上樓，交代外子：「隔一段時間就喊我一聲，免得我昏倒浴桶內。」外子唯唯諾諾，不大理睬似的。我泡著、泡著，計上心頭。終於在一段時間後，外子往樓上高喊：「嗨！你還活著吧？」我故意不搭腔，沉默著。喊到第三聲，沒反應，他不敢大意，上樓。

我憋氣，故意仰著脖子閉著眼靠到桶邊。心裡矛盾重重：一方面想為疲憊生活尋點樂子（潛藏的惡質人性），一方面也想惡作劇一番以報外子先前不理睬之仇（顯性的小家子氣），又怕外子真被嚇死（良善的體貼美德），三者交雜，好生掙扎。

他踏進浴室，看我一副昏厥的垂死模樣，居然鎮定地說：「別裝了！」我死而復生，

問他怎知！他說：「這種老梗用一次就夠了！」我才想起兒女上國中時的一次愚人節，為了沒能在學校成功愚弄老師，我竟慫恿他們兄妹合作演出，將屋子弄亂，我就趴在進門的玄關，朝電梯一邊的臉上灑上蕃茄醬，並將蕃茄醬沿路噴灑至電梯內，還踩上腳印。兒子女兒一臥臥室、一臥廚房，做出被搶劫殺人狀。外子甫出電梯，一見，丟下公事包，高喊：「哪也安捏！」聲音之淒厲，嚇得我們魂飛魄散。那夜，外子臉色一逕鐵青。

十幾年來，我早忘了此事，沒料到外子竟記仇至此！

綜合以上二事，得出結論：男人心胸好像比女人不寬厚。

沉默的省話一哥

難道婚姻讓男人沉默？

黃昏，漫步到中正紀念堂外愛國東路上的「二姊的店」吃晚餐。此餐廳自從開張至今二十餘年，剛開始，我們常常攜帶當時還只是小學生的孩子去「交關」。簡單的套餐，價位合理。

今天我們點了簡餐：以前常點的主菜豬腳，兩道簡單的配菜瓠瓜和小白菜，外加一小碟提味蘿蔔小菜及冬瓜湯，計一百八十元。外子則點了炒麵，同樣附湯，一百五十元。因為午後已然喝了兩杯咖啡，所以就不點套餐了。

豬腳的熟悉好味道提醒了我許多陳年往事，兩個小

蘿蔔頭常常喜歡在店內逡巡，因為牆邊總會擺設一些可愛的小玩偶。而我可能已有十五年左右不再光顧，沒有任何理由，純粹只是遺忘。台北好吃的東西太多，不時就有人提點特色新餐廳；迎新歡的結果，就是棄舊愛，而且，壓跟兒從未感知自己的無情。如果不是前日散步經過，換了二姊女兒傳承經營的「二姊的店」，早就被拋諸腦後。

很多的記憶忽然無預警的被召回，因為一頓晚餐。

外子想必也受到舊記憶的影響，忽然變得風趣起來。講了他剛看完的阿拉伯短篇小說給我聽，像是變了個人似的唱作俱佳起來。一時之間，我竟想不起我們剛結婚時他是否就是如此口若懸河？

難道婚姻讓男人沉默？

省話一哥

手機響了，太太忙著打電腦，先生四處找，終於找到後，手機斷線。

看看來電顯示，先生說：「兒子。」

太太回撥，跟兒子說了半天話，掛斷，先生一語不發。

太太問：「你為什麼不問我：兒子打電話來幹什麼？」

先生：「幹什麼？」

太太：「不告訴你。」

………

靜默五分鐘。

太太：「你一點都不好奇？」

先生：「好奇什麼？有正事，你還會等我問！」

太太氣了：「兒子要結婚，算不算正事？」

先生：「算。」

………

又五分鐘過去。

太太又叫：「把拔！」

先生：「嗯！」

………

又五分鐘過去。

太太提示：「你還是不往下問我後續？」

先生：「請說！」

……結論：女人的囉嗦，全然是男人害的。

為什麼你不問我為什麼？

「你為什麼不問我為什麼脖子上圍了一條棉質小毛巾？」我走到外子面前問他。

「哦！我並沒有看到你圍了小毛巾。」外子從報紙上抬起頭回答。

「那你現在應該看到了，為什麼你還不問？」我提出第二個問題。

「既然這樣，那你就說吧！」

「你要問了，我才說呀！你不問，我幹嘛說。……就請你問我吧。」我請求他。

「你不說就算了！」他又把頭埋進報紙堆裡。

「你怎麼一點好奇心都沒有？夫妻一場，就請問問我吧！」我沒死心。

「好吧！敢問你為什麼要在脖子上圍一條小毛巾？」外子無可奈何，只好就範。

「因為衣服上方老有一個奇怪的標籤，粗粗的，搓得我脖子過敏發癢。圍一條棉質小巾可以杜絕過敏。這樣，你明白了吧？」

我滿意的離開；外子得以專心看報。就這樣，夫妻關係繼續安然維持下去。

以上皆是

窮於應付

夫妻二人閒坐聊天。

「我今天臉書的網誌想寫『買櫝還珠』。」

夫：「……」

「你為什麼不問我『買櫝還珠』是要寫些什麼？」

夫：「我知道『買櫝還珠』的故事啊。」

「你以為我會在臉書上告訴讀者《韓非子》『買櫝還珠』的故事？」

夫：「我以為你要寫在給小朋友看的《未來少年》的專欄裡。」

「那表示你根本沒在聽我說話，這樣很沒誠意吶。」

夫：「……」

「那現在你知道要寫在網誌上了，你還是不問我內容要寫些什麼？」

夫：「……」

「看來你一點都不關心太太，沒有人這樣的。夫妻閒聊，就要有來有往，像打乒乓球一樣。我發出去的球，你得打回來，才進行得下去；我發的球都讓你撿起來放進口袋裡，這球怎麼還打得下去！」

夫：「好吧，那你要寫什麼？」

「你猜猜看？」

夫：「我猜不出來，你就說吧。」

「一點生活情趣都沒有，猜不出來，就不會叫我給你一點暗示？人家電影裡的夫妻都這樣的。」

夫：「好吧，給一點暗示。」

「跟昨天晚上的一通電話有關。」

夫：「你成天講電話，我怎麼知道哪一通？」

「那你還可以再要求多一點線索啊！」

夫：「那就多給一點線索吧。」

「昨天我接完電話後，有加以評論的，你不記得嗎？」

夫：「……」

女兒沉不住氣，從隔鄰的書房衝出：「當時，我有在場嗎？」

丈夫接了一個冷笑話：「當時，我有不在場證明嗎？」

「女兒是不是在場，我忘了；但是，我記得清清楚楚是跟你說的啊！太太說的話，你一點都不當一回事。」

夫：「呃。」

「呃什麼呀！繼續問我啊！」

夫：「繼續問什麼呀？」

「那通電話是誰打來的啊！」

夫：「是誰？」

「《聯合報．名人堂》專欄的編輯。」

夫：「呃，是他。」

「那你不問我這通電話跟『買櫝還珠』有什麼關係？」

夫：「這哪需要問！因為他來問你讀者寫信到報社問他們：上回你寫的那篇〈學測作文評分標準透明化之重要〉裡提到的電動遊戲的名稱是什麼？跟你寫那篇文章的宗旨，完全不相干。你強調評分標準必須透明化，讀者卻關心讓你沉迷的電動玩具是哪一種，很像《韓非子》所說『買櫝還珠』的故事。」

「Bingo！領悟力很高嘛！很有統整能力啊。」
太太高興地嘉許丈夫後，唱著歌進廚房。
女兒偷偷指導老爸：「爸！平常這樣對答就好了啊！媽媽很好哄的，不要那樣惜言如金啦。」
老爸小聲說：「若是這樣有問必答，那我可就要窮於應付了，你又不是不知道你媽。」

點滴與湧泉

今早，外子看了我寫的網誌「窮於應付」，發現事跡敗露，對自己的寡言少語，忽然提出另類新解。

其一，針對我的乒乓球溝通理論，他的辯解如下：

「太太的話太有廖（料）了！很有分量，不像大陸美食節目廣告裡的爆漿牛肉丸子可以當乒乓球打來打去，必須在內心再三咀嚼，才能滋味盡出，我是咀嚼時間過長而已。」

（聽起來很中聽，但仔細琢磨後，發現暗藏其錯在我的玄機，這關係到雙方速度感的問題，是古人「山中一日，人間數年」的時間差。有關這點，請參考南朝梁任昉的《述異記》〈王質爛柯〉仙鄉小說）。

其二：針對沉默寡言，他的辯解如下：

「太太口才便給，不須我點滴授與，即能湧泉以報，所以……」

（「受人點滴，必報以湧泉」的成語，被他一語徹底顛覆。我懷疑話中似乎有話，應該不會是嫌我話太多吧？）

他的〈爆漿牛肉丸子論〉對上我的〈乒乓球溝通說〉；他的〈湧泉以報論〉槓上我的〈沉默寡言說〉，到底他的真正想法是什麼？為防他言詞閃爍或拖沓以對，我決定出一題容易作答的選擇題，請他明快回答。

「所以，你真正的意思是比較趨近下列哪個選項：

1. 太太話雖多，但每句都有道理，你完全沒有置喙的餘地。
2. 太太的話字字珠璣，但因你腸胃不佳，吸收能力趨慢，所以顯得反應遲鈍。
3. 太太的話太有趣，頗能解頤，讓人回味再三，所以，忘記回答。
4. 以上皆是。」

這回，他的回答又快又好，讓太太十分滿意：「４。」

正言若反

正言若反的弦外之音

「謝謝你精闢的講解哦！」只要女兒跟我這樣說，我就知道她嫌我多話！

「同意！同意！同意！」只要外子跟我接連著說三句同樣的話，我就知道話裡頭有許多的不以為然。

「隨便你啊！你覺得怎樣好就怎樣吧。」只要我這樣說，外子大約就知道此事不能擅自決定。

同樣的話，不管你跟外人說，或外人跟你說，你都不會有類似的負面感受。

譬如：旅行時，你對著認真的地陪說：「謝謝你精闢的講解哦！」他多半不會認為你在揶揄他。

如果對著徵詢你是否同意他的看法的朋友說：「同意！同意！同意！」朋友一定很開心你的捧場。

如果大樓開會有所決議，你對其他住戶說：「隨便你們啊！你們覺得怎樣好就怎樣吧。」鄰居通常會覺得你這個人好相處。

前述的負面感受源於語言的延展性，通常就是所謂的「弦外之音」。

「弦外之音」的起源，通常是一起生活太久後的病變。同樣的回答日復一日，慢慢感覺缺少新意，靜極思變後，開始「正言若反」。

一句正面的回應可能暗藏負面的情緒，相處久了，才會慢慢琢磨出對方的語言「眉角」，而在學會正確解讀之前的一段時間叫「磨合期」，很吃苦的。

我是不是很聰明？

跟外子夸夸大談前幾日智勇雙全的人際對應後，我自我感覺良好的問他：

「你覺得我是不是很聰明？」

「聰明～聰明～」外子的聲音帶笑且音調上揚，且「聰明」連說兩聲。

我一聽就明白了。

「當你連說兩次且語音上揚時，我就知道你不以為然，語帶揶揄，別以為我不知道。哼！哼！如果你是打從心裡感到佩服，你會很嚴肅的說：『沒錯！你是真的很聰明。』」

外子笑而不答。我接著問：「讓我說穿了，對不對？……你看！我是不是很聰明？」

這回，他什麼話也沒說。

「罵」和「說」的差別

中午，散步到永康街的「呂桑和漢小吃」。二樓望出去，正好是「小龍女眼鏡行」的大看板。

我想起四、五年前，曾在「小龍女」配了一支昂貴的漸層眼鏡，卻因為戴得不習慣，始終被閒置在抽屜裡。

外子望了望招牌，忽然口氣很酸地笑說：「如果換作是我，鐵定被你罵死了！」

「我雖然沒有被你罵死，卻也被你『說』死了。」我接口。誰說不是呢！見一次說一次的。

「罵」和「說」的差別，在於表情、聲口的差異。

像我這種學戲劇的人真的好吃虧！講起話來總是表情太多、抑揚頓挫太分明，稍有意見就變成「罵」。

相形之下，外子說話時一副聲音平板、若無其事的樣子，給人的印象就只是「說」，不帶臧否，看起來好修養。

其實話多說幾次，殺傷力絕不輸給「罵」的啊！

一語雙關

在中正紀念堂邊的「鼎記」吃牛肉麵。

老闆娘是個溫雅美麗的女子，用各色的花妝點門面。

麵來了，我清楚看到帶笑的老闆娘的臉頰上有著可愛的梨渦。

我小小聲跟外子說：「老闆娘有酒窩欸，好漂亮。」

正吃下一口麵的外子立刻附和：「嗯！有點兒辣！」

我瞠目結舌，這人一向正經？怎會這樣說？

何況清秀的咧！怎會辣？

後來才發現，原來外子指的是麵，他壓根兒沒聽我說的，卻接得如此天衣無縫。

刪節號？還是把話打包？

阮尪係一個刪節號！

我曾看過一個女人，很瘦，眼睛出奇的大且凹陷，整張臉的表情就像一個大大的驚嘆號，似乎無法從曾經的驚嚇中恢復過來。

另有一位朋友，做事猶疑，臉上一逕是納悶的表情，好似永遠拿不出主意來，她的臉就像一個囁嚅的問號。

阮尪係一個刪節號！他幾乎很少完整說完一句話，像神諭一樣，充滿多元的可能。

「我說你這人就是……」你若繼續問他「是什麼？」他一定笑而不答。我總接著故意出選擇題給他做：「你說我這人就是太過溫柔？十分熱心？冰雪聰明？還是能幹麻利？四選一吧！這樣夠簡單吧？」選項看似簡單，卻沒有一樣合意，其實，他內心裡的OS最可能的是「太過雞婆！」

「你們怎麼都……」你若繼續問他「都怎樣？」他一定搖頭說：「沒怎樣。」「講話不能老留半句啊！這樣我們怎麼能充分溝通！A我們怎麼都這樣貼心？B我們怎麼都這麼甜蜜？C我們怎麼都對你這樣好？D我們怎麼都如此明理！A、B、C、D哪一個對？請作答。」被逼著作答的他只好說：「你們自己覺得哪個好就是哪個吧。」當然真正的答案明顯是：以上皆非。

「這個味道很……」你若繼續問他「很如何？」他一定晃腦說：「你知道的。」「很夠味兒！」賓果！這回他心悅誠服地點頭。

「別說我沒告訴你，到時候你就……」聲音越來越小。「我就怎樣？」你追根究柢，他低聲轉頭嘟囔著：「別說我沒先告訴你。」什麼跟什麼呀！

我每天忙著給他的刪節號填充可能的正確答案，他刪我填，然後再自問自答，忙得不亦樂乎。他則老神在在，或笑而不答，或在我提供給他的答案中選擇一個安全的說法。

兩人諜對諜似的，忽忽就過了三十多年。

把沒說完的另一半話打包！

電腦鍵盤很難用，嚴重影響電玩分數的精進。

兒子試用後，很體貼且乾脆地聲言「等會兒我去買一個。」這「一會兒」可真長，讓我眼巴巴地望著，直到昨天深夜他北上，都沒等到。

今天，外子主動提起並陪著到附近燦坤，除鍵盤外，並多添一個讀卡機。

正為安裝讀卡機滿頭大汗，外子一旁急急慫恿，讓我試用鍵盤看看。不得已，遵囑打了幾個字。

外子話說了一半，定睛一看，螢幕上出現：「無意中，發現先生很囉嗦！」他把沒說完的另一半話打包，默默走開前留下一句：「哼！你給我記住！」小小聲音卻如雷貫耳。

咫尺天涯

開學後，第一天上課。

昨晚一邊忙著將教學用的檔案 PO 上學校的 ICAN，一邊謹慎地檢查上學的包包。

外子被我攪和得跟著緊張起來，問我該準備的東西都帶齊了嗎？我說齊了。

「車子的鑰匙呢？」他問。

「帶了。」我取出來給他看。

「研究室鑰匙呢？」

「你看！」我信心滿滿地翻出來。

「錢包呢？」

「喏！這不就是嗎？」拉開拉鍊，我還展示了裡頭的鈔票。

「課本呢？」

「哼！課本？落伍啦！我用小磁碟。」

我驕傲著哪，越說越有信心，覺得他老拿我當孩子看待，真是太不應該了！於是，不耐煩地走開。

今天一早到學校，電梯直達四樓。

出電梯，轉個彎，立刻愣在大片玻璃門前——居然忘了帶研究室外的玻璃門感應卡！

我被關在外頭了，眼睜睜看著掛著門牌的研究室就在幾步路之遙，就是進不去，咫尺天涯啊！

我垂頭喪氣地回家，俯首承認自己的確需要被叮嚀、被囉嗦。

「以後，請多多指教吧。」我跟外子一鞠躬，誠心認錯。

夫妻一起開車

都會開車的夫妻長期同車而從未翻臉者鮮矣。曾聽詩人席慕蓉說，她開車，先生坐旁邊，下車腳痛，因為屢屢在一旁幫她煞車；丈夫開車，她心痛，嫌太慢、過分謹慎，老想著幫他催油門。所以，他們夫妻盡量不同車，各開各的。

我們的狀況也差不多，我貪快，老想著遠方的綠燈就快翻紅，一路追綠燈。他總愛在旁邊不時用高亢嚇人的音調高喊：「小心！」攪得我心煩意亂；且還還喜歡囉里囉嗦地提醒這、提醒那的。車子剛發動，他就說：「開燈！」手剛轉開燈，接著「後照鏡！」然後「安全帶！」老拿我當小學生看待，挺讓人不舒坦的。而他開車規矩特多，禮讓路上的行人自不在話下，黃燈還沒亮，他已經停下等紅燈了。我承認我心急，但明明在直行車道上，還禮讓轉彎車輛，讓對方駕駛不知所措，也未免過分了些。

剛才從台北南下回台中，到最後一個轉彎路燈時，他又指導：「綠燈，可以轉彎。」

「謝謝指教，老師。」我沒好氣地回他。「你以為像我這樣每天急著闖黃燈的人，難道會放過綠燈嗎！」

「誰知道！也許正說著話沒注意到，提醒一下嘛！」他說。

「像這種簡單的交通號誌，就請不用雞婆了。等我錯過了，你再來糾正，行嗎？」

「到時候，你又要怪我沒提醒你，害你錯過轉彎。」他又說。

「呦！最近口齒很伶俐哦！頗有青出於藍而勝於藍的態勢哦！」我嘲諷他。

「沒辦法！求生存嘛！」他嘆了口氣。

你想太多

大雨倏忽傾盆而下。一隻白頭翁忽然飛來站在窗前不鏽鋼架上寂寞地四下張望，似乎正尋索牠的同伴。

我拿起相機對準牠，初始，牠沒察覺，依然左看看、右瞧瞧的，姿態似是著急沒能跟上的夥伴。後來可能是聽到相機發出的「喀擦」聲，牠猛一回頭，正對著從鏡頭移開的我的眼。素面相照，我一時愣住，牠眼珠一滾，機警地轉頭飛了！

陽台上，外子栽植了許多不開花的綠葉，有陽光的日子，閃爍著油綠的光澤，煞是精彩；尤其下午三四點左右，叢草在客廳的天花板上隨著季節映照出各種不同的葉影，仰頭看著，總是教人開心極了。

不知從何時起，鳥兒開始偶而群聚在此閒聊，用著我們無法理解的語言嘰嘰喳喳，有幾次甚至還看到成雙的鳥兒躲在綠葉間嘴對嘴激情熱吻，真是讓我們大開眼界。

這隻鳥，不知是否就是那兩隻春情蕩漾的鳥兒當中的一隻？牠惶惶張望的，是不是就是跟牠激吻的另一隻？

我問外子，外子頭也不抬，習慣性地回說：「你想太多。」

欲達「免麻煩」目的的最新技倆

昨午，在台中的台灣文化會館基金會演講。

台中的天氣實在好！太陽和煦，天地敞亮。

一早起來，我對著太陽嘆氣：

「哎呀！真是討厭啊！太陽這麼美！天氣這麼好！如果來聽講的人太少，我要賴給誰啊？」

若是天氣不好，賴給天氣；如果地點太偏僻，賴給場地，如今什麼也沒得推拖了。

幸而主辦的學弟路寒袖體貼我這個學姊，打來電話說：「我們這兒的缺點是不好停車，有朋友在附近繞了二十分鐘，找不著停車位，只好開著車子走了。」

於是，我對自己說，今天若是聽講者來得太少，一定就是找不到停車位，都掉頭走人啦！

幸而這個藉口不必用上，我的台中老鄉們疼惜我，在看完林書豪的頭一場敗仗後，都氣得出來聽講洩恨了。

久未謀面的文友K夫婦，也來給我打氣兼捧場。前兩年的夏天，外子和我曾跟著他們夫妻組團到法國和西班牙旅遊。其後他又不時邀約我們去蘇格蘭、英格蘭、蘇聯、塞爾維亞、克羅埃西亞……出團費動輒一個人以三十萬起跳，我們哪敢答應！又不是世界末日真的來臨了。

這回見面，少不得被埋怨一番，說我們都不肯同行。我回說：「恁是好額郎，參加的旅遊團攏這尼啊貴！我們顯然不是同級數的，阮對未著陣啦！（跟不上）」

回到家，我轉述給外子聽，並問他：

「我是這樣回答的。如果是你，你會怎麼回應他？」

外子沉吟半晌，說一時想不出會怎麼說。不過，他接著說：

「總之，你的回答太好了！我再怎麼樣也不會講得比你更好了。」

這麼得體的回答，可不是天天聽得到的；我瞬間微笑上臉，心花怒放。雖然，我深知這可能是他欲達「免麻煩」目的的最新技倆。

今年的誓詞

今年，我們兩人要……

下午五點，丟一塊三層肉放入小鍋中白煮，隨即從電鍋裡取出外子蒸熟的甜薯當黃昏的點心。

邊走向客廳邊朝外子叮嚀：「今年新年開始，我們……我們兩人要……要……」

一塊甜薯直接用手捧著，熱得我左右手翻來覆去的，一句話講得肝腸寸斷，到了外子正畫畫的桌邊放下才完成語句：「……要顧好一鍋肉，別讓它再給煮焦了！」

外子仰頭看著我的熱切眼睛瞬間笑開：

「什麼跟什麼！我以為要講出什麼相互照顧、不要吵架之類的山盟海誓哪！原來只是顧好一鍋肉！」

「毫無疑義」的真正意義

兒、媳固定於星期三、六回來吃晚餐。

昨晚，吃過飯，一家人圍坐客廳。我一時情感充沛，忽然大膽表白：「我跟你爸爸常常私下慶幸，覺得我們的人生實在太滿意了。夫妻彼此都很滿意……」

兒子忽然插嘴：「你說你自己的部分就好，不必替爸爸代言。爸爸是否滿意，我私下再問他。」

哇咧！嗆我！……但氣氛實在好，我暫時擱置這議題，繼續說下去：

「至少我很滿意我的丈夫，你們兩個

孩子也都很貼心乖巧，沒有讓我操心去吸毒、搶銀行。如今兒子娶了好媳婦，人生又更圓滿；媳婦又懷了孩子，讓我即將升格為阿嬤，人生至此，夫復何求。難怪我的一位朋友要嫉妒地說我『占盡便宜』（其實是『得天獨厚』才對，成語不應亂用的，教壞囝仔大小。）真要好好謝謝你們啊！」

今早起床，忽然不放心起來。巴著丈夫跟前跟後問：「如果兒子真的來問你，你該不會說不滿意吧？」

「不會！滿意極了！」他大聲回答，斬釘截鐵。

我心裡怦怦跳，奮不顧身問：「哪一部分滿意？」

「全部都滿意啊！」他說。

「那對太太呢？你不會跟孩子說什麼不利於我的證詞吧？」我怯怯地問。

「怎麼會！這部分毫無疑義……咦！什麼味道？……哎呀！我正熱著排骨，燒焦了呀！」他狂奔向廚房。我望著他的背影，在書房內偏著頭思索「毫無疑義」的真正意義。

做菜與吃點心的方法

用蒜苗或九層塔燒魚？

散步出門吃午飯去。

途中，問起晚餐的菜色。外子說：「紅燒獅子頭、酸菜鴨血、肉絲炒桂竹筍，還有一條魚，看是要紅燒還是清蒸？」

我說女兒不回家吃晚飯，就我們倆，省一道肉絲炒桂竹筍；冰箱裡有蒜苗、陽台上有九層塔，魚就紅燒吧。

「你來選，你喜歡用九層塔或蒜苗燒魚？」我問。

「隨便。」這是外子一貫的答案。

「哎呀！你是一家之主，不要每次都說『隨便』！拿出主意來。」我強迫他。

「蒜苗是不是放得稍久了，先用掉吧。」他說。

「不要每次問你，都說先用快壞掉的。」我真的不喜歡他這樣，每次問他：「冰箱裡有空心菜和A菜，你想吃什麼？」他的回答總是：「看哪一把不禁久放就先炒哪一把吧。」

他就是不能敞開心胸，說出內心真正的喜愛嗎！怎麼做人這麼ㄍㄧㄥ！這次，無論如何要逼他說出實話。

「那就用蒜苗吧！……昨天九層塔才摘過一回，讓它歇一陣子吧！不要逼人太甚。」新的理由又出現了。

天啊！這男人到底是怎樣！要成為聖人嗎？連九層塔的生長期都體貼了，就是不顧自己的口味。

「那我這樣問好了，如果什麼因素都不管，純就口味來說，你喜歡紅燒魚用九層塔還是蒜苗？」我追問。

「蒜苗吧！晚上就用蒜苗吧。」他想了想，鄭重的說。

嘿嘿！我覺得他還是沒說真話！

我決定今晚把九層塔脫光衣服、剃光頭，將所有葉子都摘下丟進鍋裡！我強烈懷疑，他應該是比較喜歡九層塔燒魚，根據同居幾十年來的經驗法則。

吃點心的方法

老覺得男人是怪胎。

許多愛喝酒的男人，常常在豐盛的飯桌上，一杯接一杯的黃湯連同讌讌笑語一起下肚，等到所有的盤中都只剩下菜汁時，才忽然捧起桌上那碗已然冷兮兮的白飯扒將起來，害得主人十分尷尬，不知是否該重起爐灶，再炒些配菜出來。

家裡的男人也有類似的怪癖。喝咖啡時，用漂亮小碟子端出可口的巧克力或點心出來。不管體積多大，他拈起來，毫不猶豫地一口吞進去，讓人跌足嘆息：

「可惜了，應該配著咖啡，細細品嘗的。」好端端個斯文人，吃起點心竟像《水滸傳》裡的英雄好漢。

他倒振振有詞：「有什麼可惜！不都進了肚子？又不是丟到垃圾桶。」

「好討厭，這樣說！那這些點心又何必在喝咖啡

時拿出來！你就上午把點心給吃了，到下午才喝咖啡好了！」我也氣了！

兒子回來後聽說了，建議：「下回你叫爸爸先把整盤餃子都吃了，最後才倒醬油進嘴裡，照他說的，橫豎都進肚子裡。」

「憾」莫大焉啊！

想念久違的蛋炒飯，興奮地想大展身手一番。

誰知打開電子鍋一看，一鍋飯竟然爛兮兮的！

絕望之餘，我邊撥弄倒進炒鍋內和雞蛋糊成一糰一糰的米飯，邊跟一旁的禍首抱怨：「這種飯！哼！炒出難吃的蛋炒飯可不能怪我！」

「不怪你！」他飛快的接口，寬宏大量地赦免我似的。

我睨了他一眼：「還敢怪我嗎！……煮出這樣可怕的米飯來。我不怪你就已經……」

「是啊！就怕你怪我！」他轉而飛快地坦然認罪。

「知錯無法改，『憾』莫大焉啊！」我對著一鍋行跡可疑的蛋炒飯，遺憾至極地下結論。

我對今晚做的菜很有信心哦！

黃昏上課歸來，忙著回覆即將去演講的單位索求的演講大綱。天色逐漸黯淡，我有些發急，因為聽到廚房已然傳來做菜的鍋鏟碰觸聲，但對方催促的伊媚兒已像召岳飛回京的幾道金牌，一道一道飛進我的收信匣中。

再抬頭，有人喊著：「可以吃飯囉！」

電腦角落的時間顯示 18：20，我也真餓了。

「時間過得可真快。」我邊嘟囔著，邊想：「完蛋了！飯菜又讓先生給做完了。」這話意味著晚餐可能沒什麼好期待的，家裡的男人一向徒有熱情，技術則有待加強。

飯桌上，居然擺了乾煎鯧魚、肉片炒花椰菜、洋蔥炒蛋、肉末塔香茄子、清炒高麗菜外加一鍋玉米排骨湯，看來色香味俱全，且每盤都滿滿的。三口之家，堪稱豐富極了。

「這麼多菜！很澎湃哦！」我說，其實心裡不抱太大希望。

「你不是說明天要帶便當嗎？」外子露出興奮的表情，神采飛揚的說：「今天晚上我特別多做幾道，而且很有信心哦！你先吃吃看。」他催促我。

百鈴花

他的話和表情，引得我的眼淚差點落下來！

決定無論好不好吃，都要稱讚的，我在心裡立誓。

夾了洋蔥炒蛋，「嗯！不錯哦！鹹淡剛好，不會太鹹。」他露出可愛的笑容：「這次我有慢慢加鹽。」他解釋方法的改進，而我說的是實話。

第二道我說：「茄子有入味，肉末也很下飯。」他自我檢討：「可惜陽台上的九層塔太少。」「不礙事！味道已經很足。」我安慰他，也是實話。

第三道下口：「哇！高麗菜很脆哦！你用了什麼法寶？」「真的？好吃嗎？沒什麼啦，它本身就甜，你太誇獎我了。」沒有溢美，這確信也是實話。

第五道肉片炒花椰菜，我還沒入口，他先自首：「花椰菜好像煮得可以再爛些比較好。不過，你明天還得蒸過，應該就很剛好了。」「嗯！你設想好周到！」後面這句也是實話。

最後的鯧魚，背面好像有些沒有熟透，我假裝沒看見，夾了一口較薄的尾巴肉，嘖嘖稱讚：「鯧魚就是好吃啊！」這句稍稍有經過粉妝。

「今天一百分，不管火候、口味、分量都零缺點。」我下結論，誠心誠意的。

女兒回來，一邊吃又一邊阿諛：「爸爸今天怎麼了？居然做得快比媽媽好了！顯然潛力開始爆發出來囉。」

外子聽了，喜孜孜地繼續收拾飯後的碗筷，吹著口哨洗碗去了！而我明日有愛心便當。

勇於拔擢人才！

今晚，我主中饋。第一道菜——箭筍炒肉絲。

在廚房內，我虎虎地揮動著鍋鏟炒肉絲，炒完，取出放盤內備用。熱鍋、下油後，外子走進廚房，我本能地說：「有葱嗎？」外子說有，從冰箱內取出一包葱來。

我洗蔥、切蔥，放進鍋內，急慌慌下第二道指令：「請幫我把冰箱內的蝦米拿出來。」

外子取出蝦米後，我抓一把丟入鍋內爆香。外子問：「晚上做什麼菜？」

我邊下箭筍、邊揮動鍋鏟，嘴裡沒閒著：「啊！炒個A菜吧！請幫我洗把A菜。」

外子在水槽內洗完A菜，順便幫我拍了三顆大蒜。我說：「冰箱內有百頁跟毛豆，我們炒個肉絲百頁毛豆如何？」然後，下油炒A菜。

外子取出百頁和毛豆。我說：「順便麻煩你洗一洗毛豆吧！」

外子看了我一眼，低下頭洗起毛豆；邊洗邊問我：「百頁需要洗嗎？」

「洗洗也好，洗完要瀝乾哦！」我說。

這回，他又看了我一眼，忍不住抱怨：「我做菜的時候，都是獨力完成，從來沒請你做這、做那的；我才來冰箱內倒杯水，你就讓我做個沒完。你很會差遣人哦！」

我說：「你做菜的時候，我從來不進廚房，你當然沒辦法請我幫忙，我這叫『權力徹底下放』；我做菜的時候，你老在一旁走過來、走過去的，我請你幫忙是為了加強夫妻間的聯繫，促進彼此的溝通。何況，有人在旁邊，加以派遣一下，叫做『運籌帷幄，善於分層負責』，換句話說是『勇於拔擢人才』。……」（明顯是成語專家啊！）

外子聽了，目瞪口呆。

我驀地想起下午同學會後搭公車回家途中，忽然下起雨來；被困在家裡附近的公車站牌下時，也是外子義勇持傘前去援救，一時不由得慚愧起來，立即換上諂媚的笑容改口說：「話說回來，這頓飯若沒有您的大力襄助，我一定手忙腳亂！……您人真好！我真的好幸運。」

請不要攔我！

我要去洗澡了！請不要攔我。

每回去洗澡前，我總向家人大聲宣告：「我要去洗澡了！請不要攔我。」我想家人應該是覺得我這梗挺無聊的。心情好時，外子會敷衍了事回應：「不攔！請便。」心情普通時，會低頭不予回應；心情不好時，會賞我一個衛生眼珠。

昨天事多，到了深夜，忽然記不起來洗過澡沒？三人研究半天，外子忽然高興地提出事證：「洗過了！洗過了！我記起來了，你進浴室之前叫我別攔你時，我曾經瞪了你一眼。」

所以，外子終於承認了「我要去洗澡了！請不要攔我。」這句話的積極意義，甚至考慮也加入行列，因為將來老到忘東忘西時，或許可以藉有無回答、低頭或瞪眼辨識洗過澡沒。

智者洗衣服去了

為了讓太陽能熱水器充分發揮功效，我們充分掌握大台中這兩日來的陽光，進行泡澡運動。

我性子急，泡澡浴桶裡的水位一達到，即刻躍入，像一尾活躍的魚兒；起身也是一躍而起。外子個性謹慎，先蹲下打溼身子，再徐徐浸入；起身也是分離式慢動作。我不小心瞥見，譏笑他：「又不是冬日在冷水內游泳，還得先暖身，太奇怪了！」

外子不理睬，依然我行我素。

昨晚，我從熱水中猛然起身，竟然一陣暈眩，差點兒不支倒地。今晚，我自行仿效外子的作法，發現他的方法果然較為安全。

於是，勇於反省的我，慚愧地向他鄭重致歉，並稱許他：「您真是智者啊！先知先覺，著實讓人敬佩！」外子被稱讚得手足無措，我虛心請教：「您願意接受我的道歉嗎？……」外子提起裝髒衣服的籃子邊往外走，邊回說：「接受！接受！智者洗衣服去了。」

孔子的弟子跑到我家來了！

在充滿陽光的院子裡，外子正簡筆速寫，三兩下，蒜香藤、金桔、麒麟花、蘭花……，一一出現，看起來還真栩栩如生。駑鈍老妻一旁看了，嘖嘖稱奇。立刻虛心請教：「你真的好厲害！請問你是怎麼做到的？」外子冷不防這一讚美，楞了一秒，微笑（只差沒撚鬍）回說：「師法自然。」哇！孔子的弟子跑到我家來了！

後來呢？

就剩三、四頁而已

昨晚，夏曼在演講中強調：若是喜歡的書，沒看完是不會罷手的。我呵呵地大笑出聲，果然我們是同類的人，這讓我想起一件趣事。

約莫去年夏日，我的師兄林中明先生（我的指導教授張敬先生的次子）寄贈了夏尚澄翻譯的賽珍珠《母親》（中國出版集團東方出版中心），外子搶先看著，直說滿精彩的。

一晚，我們開車回台中的途中，坐在駕駛旁的外子，忽然豪性大發，開始為車上的兩位女士——女兒和我，講述其中繁複曲折

的小說情節。就在那一夜，我第一次發現外子其實有滿不錯的口才，他有條不紊，把小說的細節詳盡都一一道來。

說著、說著，竟然一連講了接近兩小時，眼看目的地已然在望，而故事顯然正進入高潮，於是，女兒緊張的催促：「講快點！快到了呀。」

外子兀自慢條斯理，說就快講完了。然後在一個相當決定性的關鍵點上——女主角歷盡人生磨難後，小兒子竟然因為參加共產黨被抓，面臨被槍斃的危機。這位母親到了監獄附近正展開營救——外子忽然說：「好了！今天就講到這兒，後面的我還沒看完。」

「這麼緊張的節骨眼，你沒繼續看下去？」我好奇的問。

「沒有！因為已經十點半了，我的睡覺時間到了。」他好整以暇回說。

「後來呢？有沒有救出來？」女兒著急的問。

「不知道，還沒看到結局欸。」

「別急！等爸爸看完再說，故事應該還很長。」我為外子說話。

「沒很長啊！就剩了三、四頁而已了。」外子補充說明。

這下子，我們兩個女人的嘴都張得大大的合不攏了！這樣緊急的狀況下，他居然因為睡覺時間到了就罷手！完全對結局毫無好奇？

「你一定偷偷看了結局，就告訴我們吧！」我說。

「沒有啊！我不偷看的，我看書一向循序漸進的。我真的不知道結局！」

「就剩三、四頁？你不看完？沒有人用刀架在你的脖子上威脅你放下書，就因為睡覺時間到了？」我氣虎虎問他。

外子篤定地點點頭，毫無愧色。

我真是生氣了！世界上居然有這種人類！而且還是我的丈夫。

又一個沒結局的故事！

黃昏，想著該洗頭了，也不管驟雨臨盆，撐了傘便下樓去。

一個鐘頭左右回家，看外子在廚房內拿著一只鍋子轉過來、轉過去。定睛一看，鍋裡有水，水裡有魚。

「你是不是說今晚的魚要煮湯？」他問。

「用我昨晚在愛亞的臉書上看來的方法做吧。」我接過鍋子，倒掉過多的水，放下幾瓢的破布仔，用小火燜煮。

然後，開始炒菜。外子一旁說著從電視上看來的消息：

「大陸上有一個婦人，丈夫失蹤了十餘年，忽然被她找到且帶回家來。兒子認為父親較高，且頭上的疤也不見了，此君絕非父親；可婦人不信，堅持容貌太像了，是丈夫沒錯。相持不下，決定去驗DNA。……」說到這兒，他忽然停了。

「結果呢？驗DNA後的結果呢？」我邊炒菜邊發問。

「還沒看到結果，你就按電鈴了。我一看時間已晚，趕緊關掉電視進廚房，準備做飯。」

我關掉爐火，拿著鍋鏟，問他：「DNA的結果沒看就關掉電視？這麼重要的事，你不看結果？」

真受不了啊！他又來了！上回讀賽珍珠的《母親》，只剩三、四頁，情節正值生死存亡關頭，他因為睡覺時間到了，沒看結局就關燈入睡；這回，DNA的檢驗結果還沒出來，只因為我上樓，就關掉電視！他是怎樣？

對結局毫不在乎的男人，真不知道拿他怎麼辦才好。那位可憐的婦人到底找到丈夫了沒？難道他沒有一點人道的關懷！

「因為時間太晚了，居然忘了做飯，一時心急，就跑進廚房，可也不知道該做什麼，只記得你好像叨念著魚要煮湯！至於怎麼煮，還沒具體方案……你就上來啦！」

看來，往後的日子，我得慢慢適應聆聽這些沒有結局的故事了。

啞女的故事與婦女節

「我起來了囉！起來了囉！你看到沒？」

「來看報囉！看報重要哦！」

「咖啡煮好囉！來喝咖啡囉！來喝咖啡囉！」

「郵購的書送來了！我現在要開始看書囉！開始看書囉！」

「我要去熱菜囉！千萬別攔著我哦！千萬別攔著我哦！」

「午餐好了！趕快來吃囉！不吃就沒囉！」

婦女節的早晨，我用高分貝的聲音虎虎炒熱沒有放假且顯然不被重視的節日。

我企圖在單調的重複語句裡尋找多元的可能，稍稍調整每句話的不同組合。早晨的屋子裡，由是盈溢著勃勃的生意。

雖然，平日也常有類似的大呼小叫，但終究不似今日的頻繁、集中且韻律感十足。終於，引起家裡男人的注意，用納悶的眼神看我。

「一定要這樣大吼大叫的，才能讓生活振奮起來，你也才會注意到我吧！」我說。

坐在沙發上的男人，放下報紙，開始跟我講述一個剛剛從《九彎十八拐》看到的小說〈素芭〉，印度詩人泰戈爾的作品。

素芭生下來就是個啞巴，雖然不會說話，卻是「眼眸有著無限豐富且深奧的表情」的女孩。母親背負著生下殘疾女兒的傷痛，把她當作身上討人厭的汙點；父親卻十分疼愛她。兄姐相繼成家後，不堪鄰居異樣的眼光，帶著素芭遷居加爾各答，素芭以淚洗面，一一和她素所鍾愛的童年友伴——牛欄內的牛、河邊綠茸茸的草地告別，跟父母奔赴不可知的城市。

在城市裡的一次相親中，一位來相親的男子看到素芭啼哭的模樣，揣測素芭必有一顆溫柔的心。「她今天在與父母分別的時候這樣難過，那麼將來對我也會是如此。」於是，娶了她，並帶她到西方的城市工作。

故事的結尾是這樣寫著的：「這一次，她丈夫相親時，眼耳並用，娶了一個會說話的姑娘。」

故事說完了，男子露出可疑的笑容。我追根究柢：

「敢問眼前這位先生：在我大聲吵熱氣氛之後，你隨即告訴我這個故事，意思是什麼？」

他笑而不答。

問答題不肯回答，那麼，我只好繼續出是非題請他完成：

「是嫌我囉嗦？」「不是。」

「是羨慕有個啞巴妻子？」「沒有。」

「是希望我用眼神跟你溝通，不必用說的？」「也不是。」

「是說其實不用說話也能達到說話的目的？」

這回男人沒有否認。

但是，我以為有另一個答案可能更接近他的心聲，就是：「以上皆是。」

哼！給我記住！在婦女節這天，竟然跟努力說話企圖營造家庭美好氣氛的婦女說一個啞女的故事。

蠶吃桑葉與吐絲的方法

因為讀者在遠方

昨晚，外子去參加一場親戚婚宴。今早，夫妻二人和女兒一起聊天，光是一桌十人的兩三小時聚餐，外子說得口沫橫飛也熱鬧非凡。

「剩下三隻龍蝦，服務員打包後，讓林家那位住桃園的親戚帶回去了。」故事從三隻龍蝦開始，沒有性別的輔助，女兒和我都理所當然認為那位打包龍蝦回去的人是女性。

「有兩位坐在一起的，不停的鬥嘴，一位是作家，處於劣勢，頻頻挨打；另一位四處挑釁，老拿語言譏刺別人，活動力十足。」也沒說明男性或女性，我們直覺是男性。

逐漸抽絲剝繭後，才發現大謬不然：打包龍蝦的是男性，互相鬥嘴的兩人是女性。完全出乎意外，女兒和我於是要求必須先提示性別。（這證明了人們很容易淪於刻板印象。）

「住在加拿大的表哥有兩位兒子。會講台語也會些許國語，坐在我旁邊，倒水倒酒，好不殷勤。」以為兩位姪兒坐在他身邊，半個鐘頭後才發現原來只回來一位。

接著，除了從加拿大飛回來的之外，有從台中來的，有居住桃園的，更有幾位台北人……聽了大半天，覺得已然超過一桌的容納量。追根究柢，原來有人半途換桌的，也有中間插入的。

要清晰的敘述一場婚宴，真不容易。經過多方補充、提問，最後我們要求外子先將位置圖畫出，標出性別，加上姓氏，並顯示流動，終於才輪廓分明，人物的個性也才靈動起來。

我於是聯想起寫作。

寫作時，作者胸中多有一個清晰的輪廓，很多細節，因為自己很清楚，就會忽略讀者原本是一無所知的。因此，如何讓讀者很快能提綱挈領，或斟酌、拿捏情節曝露的深淺度，是一門重要的功課。否則會淪於熱鬧有餘、精彩不足。

聊天無妨，可以隨時提問、補充；寫作就得更嚴謹，因為讀者在遠方。

謄抄的過程就像蠶吃桑葉

年少時看書喜歡寫眉批，記筆記；年紀稍長後，除了看備課用書，依然抄寫些筆記外，其餘都只用螢光筆或原子筆在書上做記號。

外子則不然，他是仔細又勤奮的讀者。他記錄的筆記一本又一本，充滿了知識、見聞，更多的是格言式的勵志字句，一副立誓克己復禮的彬彬君子模樣。有一長段時間內，我看他用工整娟秀的毛筆字，在長卷宣紙上細細謄抄聖嚴、星雲法師的箴言，清晨起來，一字一句的凝神從事，我竟有些慌張起來，一度還擔心他會寫著、寫著，忽然起意出家去，所以，對他格外溫柔。

我記的筆記跟他大不同，我多半著眼在小機巧、小趣味上或文章字詞運用的靈動新穎。大學前後，看到張愛玲、胡蘭成的文字，驚為天人，曾抄寫了密密麻麻的筆記，還

在書上做了非常情緒性的眉批，現在看起來，不覺要臉紅。

余秋雨的《台灣演講集》裡曾說過，看書時不必做筆記，記住就是記住了，沒記得的，就讓它去吧！對這樣的說法，我其實並不十分同意。如果我有足夠的時間，我是會再拾起筆，記下深得我心的字句的。謄抄的過程就像蠶吃桑葉般，經過細細咀嚼，才能化為美麗的蠶絲。不管是內容的豐實或字詞的煥發，抄寫一遍，一定勝過只是眼睛掠過一回。所謂「勝過」，不只是寫作手法的精進，也可能是生活態度的共鳴或修正，生活智慧的提升或實踐。

剛剛看到外子又認真的邊閱讀、邊記錄，心下佩服之餘，遂記錄心得如上。

勇於認錯，抵死不改

在臉書上寫網誌真好，完全不必考慮讀者在哪裡或主編的觀感。而因為像寫日記似的，就會將每日發生的事，無論大小，都從頭思考一遍。那樣做的好處是：每件事情都可能產生新的意義。

譬如：我長年為外子的語言邏輯所困，我戲稱他是叛逆蔡董，我在電腦上記了一本《蔡董叛逆記事簿》，將他所有的語言叛逆事件打錄出來，以免想要舉例向子女投訴時，忽然一件也想不起來，徒呼奈何。

例如：跟他說：「現在太陽太大，我們就不要去散步了，等黃昏涼快些再出去。」蔡董的回答是：「不！」正當你以為他不同意時，他會接下來說：「現在去幹什麼，太陽這麼大，幹嘛現在出去！等黃昏時再去好了。」明明和我意見一致，卻好像反對似的。

又如：出門時看到有人排隊買包子，我興致勃勃提議：「我們也去買點兒包子吧！」他也不轉頭看一眼，立刻否決：「幹嘛買包子，不是剛吃完嗎，過幾天吧。」你被說服了，就依他。沒料到等你出門去那麼一會兒回家，幾個圓胖胖的包子已傻傻蹲坐在桌上。

類似的事層出不窮，只要是太太說的話，一定回以否定句。跟兒女投訴，他們總不肯跟我同仇敵愾，只笑著說：「你又不是第一天認識爸爸。」跟他抗議，他老神在在，說：「我這是採用西洋的語法。」我心裡想著：「這個男人一定是從小太乖、太壓抑，叛逆期來得太晚。」

直到今天，我終於決定放棄修正他的叛逆語法了，因為我不經意間發現我自己也另有其他問題，只是狀況相反而已。

外子每次的提議，我都欣然附和。譬如：因為桌子做得稍低，每次打電腦，腳都擺不進桌下，姿勢很難調，外子建議將我座位上的抽屜打掉兩個，我立刻欣然附和：「你好聰明，我都沒想到可以這樣做。」當他即刻付諸行動時，我便將計畫縮小：「打掉一個抽屜就夠了吧！抽屜東西多，怕沒地方擺。」等到幾個月後的今天，他看我依然歪著身子打電腦，又提議：「還是再打掉一個抽屜吧，看起來還是不方便。」我又欣然附和：「那倒是！還是你厲害，果然打掉兩個較好。」然後，他立刻取了槌子、鋸子到一旁來站著，就等著動手了，我卻還在電腦上摸這動那的，就是不動如山地賴著。

這樣看來，其實各有各的問題：外子口頭不肯隨順，行動卻飛快配合；我看似很容易商量，行動卻存在著奇異的固執。問題想通了，一切都容易商量。這是寫網誌的一大進步——外子得到救贖了，從今以後，我不再緊盯著他的語言邏輯。希望他別看出我：勇於認錯，抵死不改。

啊！如何能白首偕老啊！

昨晚，一家三口窩在棉被裡聊天，外子、女兒和我。因為幸福，對這樣神仙般的生活感到無限的綢繆，導致悲從中來，深怕美好的歲月不知會在何種狀況下瓦解。女兒出嫁？外子或我年老病痛？

然後，因為正看著汪其楣教授寫的《海洋精神》，頗受感動。對汪教授等人不辭辛勞奔波，以懇摯對待愛滋病患，且提供許多溫暖的照應，頗為動容。心裡不禁萌生無限敬意。於是，我們討論起人生的意義。

過著美好歲月的人們，無論將來發展如何，有了這段美好時光，人生都該虔敬謝天。相較於這樣的美好，也有許多人正淪落在各種的病痛或在找不到出路的困境裡苦苦掙扎。書裡寫著，因為一般人的正確知識不夠，導致愛滋病患幾乎走投無路，那樣的苦直逼生理的痛！汪教授說：「所有過程都是有意義的，是要我們拋棄成見、認識不一樣的人，人類受教育，獲取知識，應該是為了讓自己更自由，才能尊重生命，尊重人權。」我因此為這幾句話展開自省。

汪其楣老實談到剛接觸愛滋病患時的失措，讓我印象深刻。所以，我們的閒聊引申到生活裡的種種。談到偽善，談到表裡如一，我心裡開始破洞。

我跟外子及女兒招認：「我雖然距離壞人甚遠，但其實也稱不上好人。我往往只因為氣氛或某種情調才落入慈悲，像看完這本書，就激發我想傾家蕩產去輸送溫暖的念頭，但念頭往往如曇花一現，不但總不能持久，而且起心動念時，也淨挑容易的事做——相較於想點子出力，捐錢只是其中最簡單的。但其實我對自己喜歡的讀書、看電影、寫作卻一直不須鼓勵便能持之以恆。這樣的反省讓我感到無比的愧赧。

「而我也不像我姊姊常跟別人說的：『我妹很有愛心，不管對家人或對學生總關愛有加。』我其實常常在學生行為不適當時，甚至憤怒到想甩他巴掌，

但總偽善的壓抑下來，換上另一張禮教薰陶過後的慈和臉孔對應，常常還滿討厭這樣的自己哪！」

然後，我問外子曾不曾有跟我一樣充滿矛盾的時刻？他想了想，說好像不曾。他覺得自己很自然的過日子，不大在乎別人怎麼想。我想一想，他的確也是這樣一位光明磊落的君子。然而，內心深處呢？難道沒有掛上和顏悅色的假面具，跟討厭的人虛與委蛇的經驗？外子說：「當然囉！不然，都不受禮教約束，大夥兒不都成了野蠻人了！」

女兒躺在二人中間「拾話鬚」，我們母女倆講得開心！女兒為我的告白：「常想惡狠狠地罵學生，最後卻都像豎仔一樣自動換上一張溫柔敦厚的笑臉。」笑得下巴差點合不攏。猛一背過身子，發現在座另一位男人業已鼾聲微微，二人不禁為他的快速入睡法感到無敵敬佩，但又不禁悵然若有所失。

他果然用行動履踐他所說：「自己很自然的過日子，不大在乎別人怎麼想。」完全不管我們談性猶濃，自顧自用他的秒睡法瞬間從熱呼呼的話題中遁逃！心口合一竟然可以調和得如此徹底。

啊！對太太這樣無禮的男人呵～我得想想該如何才能跟他白首偕老呢？

不是說：「物以類聚」嗎？

「我真是個沒有求知慾的人啊！」我幽幽感嘆著。

「你還算沒有求知慾？可以了啦。」外子這次還挺寬容的。

「不行！前幾天兒子一旁看我打電動遊戲時，很注意研究分數的計算方式，所以，幾乎一打就上手。我都沒有像他一樣研究，就只是亂打一通，難怪成績老不夠理想。」

「這種成績有什麼好積極進取的，適可而止吧。」他慣性潑我冷水。

「你這叫『生活品類歧視』，跟性別歧視沒有兩樣！生活包括工作、讀書、遊戲……每一樣在地球上都是個『事』兒，這就是所有厲害的運動家、舞蹈家、電玩家之所以出類拔萃的方法——要一直研究改進之道，然後苦練、苦讀、苦跳。遊戲既是屬於生活的一個品類，也該玩得像個樣子才對啊。」我跟他講道理。

「你又不是要去參加比賽？」他睨著我。

「誰說我就不能去比賽？……好！就算不去比賽，也不能自甘墮落啊！所以你應該譴責我的沒有進取心與求知慾。拜託你啦，我需要，真的！否則一直不會進步。」我幾乎求他了。

「有沒有搞錯，你工作忙成這樣，深夜還沉迷電玩，如今還要努力研究精進之道，這才叫自甘墮落吧！我沒將你強制送醫戒斷，已經有虧職守了，我才不想還為了你沒有更加沉迷而譴責你沒有進取心，這樣太荒唐了。」外子不為所動。

「既然如此，我只好去寫《名人堂》專欄的稿子囉！」我轉身過去，不打算理他了。

「這才對嘛！如果你答應人家，卻沒按時間繳稿，我自然就會譴責你啊！」他露出嘉許的笑容。

「哼！這種一般人所謂的『正事』才不需要你監督哪！我這方面的自我約束力可強囉！在家裡進行的遊戲，才需要你來規定進取紀律啊！」

外子從來不玩遊戲，遊戲讓他感受極大的罪惡感，他從事的全是一般人所謂的「正經事」，是個讓大人放心的小孩、讓小孩不能太開心的父親。就算把他放在拉斯維加斯賭場的正中央，他也可以在各種銅板聲中不動聲色，像坐懷不亂的柳下惠；而我一旦進入，不是崩潰就是瘋狂！立刻翻身成為一個重度賭鬼。

世界上怎麼會有這麼正經的人而且還是我的丈夫！當初，我是用什麼樣的眼光選擇跟這樣的人結婚的？結婚三十餘年後，我開始納悶起來。

「奇怪。俗話不是說：『物以類聚』嗎？」

幸好沒被發現娶了個怪胎！

已有好些天了！每到夜晚十點左右，像是心裡養了些蟲似的，嘀噬著，不停地告訴我：「肯德基炸雞！肯德基炸雞！」不堪我夜裡葛葛纏著的外子，終於答應今午陪我去會會肯德基老爺爺。

我們登上重慶南路與漢口街街角的二樓，吮指啃著炸雞、薯條，喝著淡而無味的咖啡，感受心願已了的無趣。（白天終究不如夜晚來得刺激！正餐不如消夜來得挑釁啊！放進嘴裡不如心裡想著來得美味啊！）

放眼看去，在另個街角的兩旁，蟻聚著人群，久久不散。我當是等公車的群眾，然而公車來了又走，人群未減反增；外子猜測當是電影公司在街頭拍片。

生性好奇，這熱鬧是一定要趕的。於是，啃完雞翅，我們信步前往。俗話說的好：「來得早不如來得巧！」那些人鵠候半天，不如我靈機一動，正巧趕上騷動。不知從大樓裡出現了什麼，那些青春洋溢的小女生、小男生個個拿起相機猛拍，又叫又跳，歡呼聲四起；媒體記者也窮追著捕捉鏡頭。打聽之下，才知原來是追星族追逐韓國偶像明星團體 Super Junior！

說實話，被重重戒護及包圍著的偶像，我是連一根指頭都沒見著，但也不禁興奮起來，跟著歡叫了好幾聲，只差沒衝破重圍去握手了。（我確信我一定是短暫瘋狂了！事實上，之前我對他們一點印象也無。）

外子一旁嗤之以鼻，覺得這些小孩有些無聊；而我則是想起年少時看了《梁祝》後，如何為凌波著迷的往事。

啊！那些美好的純真年代！沒有能力跟著追星，卻用著貧苦人家僅有的蹇澀方式，認真的從報紙上剪貼偶像的一顰一笑，虔誠表達對偶像的敬愛並日日反芻那種單純的快樂。（天啊！那已是多久遠的過去啊！）

年輕時的熱情、浪漫，逐漸在生活的粗礪、歲月的催逼下流失了！我們坑坑巴巴和生活搏鬥著成長為一個莊重的大人，卻也從此遺失了個有趣的靈魂！

回到住處，我對著漸次展開的電梯，鞠躬，並突然用很大的聲音宣告：「我回來了！回到充滿柴米油鹽的無趣生活軌道中，請給我加油吧！拜託了。」

一旁的外子嚇了一大跳，趕緊察看身後有沒有其他人。我知道他的心裡是這樣想的：「又來了！時不時就發作一次的！幸好沒被別人發現我娶了個怪胎！」

抑制參與陌生人談話的欲望

在餐廳的二樓吃午餐，原本只有我們一家三口，十幾分鐘後，上來二女一男，年紀約莫四十歲左右。

因為背對著坐，只聞其聲，未見其人。

聲音滿大，一位女士掌控全局，其餘二人負責提問跟附和。起始我沒多加留神，只聽到聲音，沒注意內容。

逐漸，聲音所夾帶的內容隨著討論的時間及熱烈程度，一點一滴竄入我的耳朵並接軌腦袋。

「……他們有十八坪左右的房子，我們可以一起買，各買一戶，一起找人裝潢，比較實惠。……」

我正夾了一筷子味噌豆魚，忍不住偷偷接口：「千萬使不得！買在一起住，是讓友誼崩毀的元兇。」我們有兩位好朋友因為過度親密而引發嫌隙，他們就是因為一起買房，比鄰而居肇禍的。

外子笑著說：「你幹嘛？參與人家談話啊！」

「我替他們著急啊！」

我想起宇文正在《丁香一樣的顏色．旁聽對話》裡，坦承經常有想要加入陌生人對話的欲望，擔心自己總有一天會按捺不住、真的開口去接別人的話。

我也跟她一樣，我認為像我這麼睿智且有實例可資佐證的意見，對那三個人而言，應該稱得上是金玉良言的。不跟他們對話，絕對是他們的損失吧。

「可是，也許他們只是想一起投資，裝潢後租給別人呢？」女兒提出不同的想法。

「哦！那也是。……那就這樣好了！我去告訴他們，如果要自己住就免了！如果要租給別人，就還行。」我作勢站起身子，外子嚇了一跳，急急阻止。

「別攔我，別攔我，幹嘛攔我？……我不過去去洗手間。」

我為成功嚇唬外子而微笑，但繼之也真心誠意告白：

「近期內，一時我還 Hold 得住，不會真的去和他們對話；不過再過幾年，就很難說了。到時候，你可得想法子攔我哦。」

常常飲恨

如果你需要

太太把吃不下的剩飯倒進先生的碗裡，先生一句話不說，默默吃了。太太感動說：「先生！真感謝你，你真是個道地的好丈夫！」先生抬起頭說：「好丈夫的意思是什麼？是給我按個讚嗎？」「就是！」太太回答後，熱切反問丈夫：「那你覺得我這個做太太的還好嗎？要不要也給我按個讚？」丈夫抬起頭，淡淡回答：「如果你有需要。」

那不是白睡了？

「啊！我該去休息了。」放下書本，外子說。

「你不是剛剛才小睡了一下，這麼快又要休息？那不是白睡了？」我驚訝問他。

「剛剛睡那麼一點時間算什麼！小瞇片刻，充其量只算點心。」外子輕描淡寫。

「意思是說：你現在才要去吃正餐？」我納悶。

「嗯！舉一反三，你的反應快。」

這麼說，我每天夜不成寐，就是消化不良，沒好好吃正餐囉。

難怪常常飲恨！

昨天下午束裝返北之前，正寫著網誌。家裡

的男人急性子，一旁急急收拾細軟。我被攪得方寸大亂，偏偏相機裡的照片用讀卡機讀得七零八落，呈現一格一格的色塊。不得已，只好放棄PO網，跳上車子。

車子行過幾個路口，即將上高速公路前，發現過年這些天寫的稿子及剛出爐的網誌悉數留在老家的電腦桌面上，既沒copy帶上，也沒寄放電子信箱，急忙大喊回頭。

男人鐵了心，不肯，完全不顧我的又叫又嚷，用堅定的雙手與眼神瞬間趨上高速公路。

眼看大勢已去，我始則憤恨痛責，接著乾脆悶不吭聲抗議。

回家後，恨恨決定至少冷戰三個星期才肯罷休！誰知，才不到三個小時，不提防間給忘了，竟然回應了他的發問，以致功虧一簣。

檢討的結果是：冷戰靠的是強記的功夫！我就是記憶力太差，屢屢在冷戰上失敗，難怪常常飲恨。

情趣與負責任相抵觸嗎？

我就不能也要求些情趣嗎？

傍晚，外子提議出門散散步，立即獲得留在家中的其他三人附議。兒子媳婦牽著手，時而在前、忽焉在後地走著，打打鬧鬧，讓人好不羨慕。反觀外子和我，只是並排默默地走著，未免太沒意思。

於是，我要求外子也拉著我的手。外子納悶反問：「你怎麼啦！走不動啦！」我指著前方的兒子跟媳婦說：「我就不能也要求些情趣嗎？活了這麼把年紀了。」

說完，我主動挽起他的手。外子簡直羞愧欲死，彷彿是被小三給強迫公開示眾似的，邊急著擺脫，邊說：「他們年輕不一樣，何況媳婦懷孕；我們老夫老妻的，沒有人這樣，又不是殘廢，要人攙扶。」

這話也太牽強了吧！記得剛結婚時，偶而過馬路時牽我的手，一過街，他必立刻技巧性地甩開。幾次下來，跟他計較：「幹嘛！合法夫妻怕誰看見？」他總是狡辯：「不要太刺激別人！」

如今年紀大了，不愁刺激別人，卻仍躲躲閃閃的，真是莫名其妙！這回，光天化日下，我堅持不肯鬆開手，半強迫地拉著往前走。

兒子跟媳婦回頭見了，立刻拿起相機拍了起來。兒子笑著問：「是怎樣！一副媽媽拉著耍賴的兒子去上學的模樣！」

負責任的說法？

昨晚，兒子陪媳婦去產檢回來，媳婦嘟著嘴，一晚都在誓言不吃晚餐，不停叮嚀我們：「不要叫我吃飯哦！」

原來嬰兒重量可觀，她怕生產不易，屆時得剖腹生產可就麻煩了。

兒子取笑她不聽忠言，前些天勸她少吃，還說：「生產過後，我就要開始減肥，屆時就要少吃，剩兩禮拜，你就讓我好好吃一下吧。」

今晚餐桌上，媳婦嘀咕著兒子取笑之事，我安慰她：「你這算好的咧！你不知道爸爸才差勁，有時問他下輩子還要不要娶我，他居然說：『等過完這輩子再說吧！』枉費我一再示意嫁了個好丈夫，要跟著他生生世世。你說，是不是讓人好洩氣？」

外子抬起眼正色的回覆：「我這是負責任的說法，不像你，說話不用負責任！」

媳婦居然笑到岔了氣！這樣是不是對婆婆太不禮貌了？

沒有被北風吹走的話

父親亡故已二十餘載，有時幾乎都快將他遺忘了。

父親負責賺錢養家，雖然兒女九口，入不敷出，但他生性樂觀，覺得將薪水悉數交給太太，就算仁至義盡。最常聽他對著愁眉苦臉的媽媽說的話是：

「我把薪水攏總拿轉來囉，要無，汝係要叫我去搶銀行是嘔？」

他喜歡轉述大家都覺得不甚好笑的笑話，喜歡吹牛兒女的優異表現。以前，我念台中女中時，偶而黃昏下課搭火車回到潭子，懶得走路回家，就揹著書包去鄉公所等他下班用腳踏車載我回去。他總喜孜孜地用很大的聲音向同事們誇耀穿著台中女中制服的我；而正當叛逆期的我，總見不得他亂吹牛，繃著臉，不給他好臉色看，而他依然不改其樂。

他喜歡下棋，常到菜場門口找人挑戰，有時一去一整天，忘了回家吃飯，總要待到天都黑了，我們奉母命去找他回來。母親常為此生氣，後悔只是叫他去補買幾根蔥，蔥沒買回，卻下了整天的棋，惹得一肚子氣。他喜歡聽收音機裡的說書，聽到廢寢忘食，連我都在一牆之隔偷聽，然後，背著母親偷偷和他討論。母親怕我偷看書、偷聽故事，會影響成績，考不上好學校，恨聲罵他帶壞孩子，他只是聳肩駭笑，不置一辭。

我長到國小高年級了，星期天睡午覺醒來，常為起床氣啼哭生悶氣，爸爸在家的話，會很有耐心的揹我下樓，一階一階的樓梯往下走。每下一階，就戲謔地喊著：「這有一個愛哭的囝仔，恁大家卡緊來看哦！」爸爸若不在家，可沒這待遇；母親一支棍子欺上樓來威嚇，她慣常用棍子伺候，境遇大是不同。

等我結婚生子後，父親還是慣耍的老把戲，把稚幼的女兒藏在被窩裡，對著經過的所有人喊：「含文不在家，含文去學校讀冊囉！」逗得女兒在棉被裡笑聲咯咯。要不就是拿粗粗的鬍渣摩娑兒子的臉和脖子，祖孫笑鬧個沒完。

兒子小時候，曾經偷拿外婆桌子裡的幾毛錢去買喜歡吃的酸梅。當時住在娘家的我，發現後，勃然大怒，抓著兒子上樓調教。鞭子尚未落下，兒子已然哭得呼天搶地的。這時，忽然聽到父親的聲音從樓下直喊上來：「阿蕙啊！莫給伊打啦！我細漢時馬常常給阮老母偷取錢去買糖仔，囝仔攏馬也會安捏，用講的就好，汝莫給伊打啦！……」

我生老大時，在潭子娘家坐月子。假日，外子搭車從桃園直奔台中。星期一上班，一逕是父親騎著摩托車載著女婿去趕火車。一、二月天，晨曦微微，寒風刺骨，父親總是不忘邊騎車邊跟外子交代：「做汝放心！恁某跟恁兒無問題，阮會好好給伊照顧，汝

認真上班就好。」

北風呼呼在耳邊吹拂，沒有吹走那些話，只吹紅了外子的雙眼，也吹進了外子的內心最深處。他告訴我，他一輩子都不曾也不會忘記。

輯二　我的親情三溫暖

如何證明？

兒子和媳婦回家吃晚飯。飯後，兩個即將為人父母的小夫妻玩性大發。兒子用手機大玩四連拍：要每人在鏡頭前連續做出四個不同的怪臉。

媳婦和我原本就瘋癲，連同兒子三人立即就位惡搞；沒料到的是，外子居然也欣然配合，而且顯然比我們更加有創意。他的四張鬼臉，表情各異，比起我的單薄有欠變化，感覺生動許多，讓我們大開眼界，讚嘆不絕，公認他頗有表演潛質，只是有欠

開發。

這讓我聯想起一、二十年前，公視曾製作《鄉土印象》節目，將作家作品搬上銀幕，我的散文〈出門尋日月〉曾被拍成電視短片，由我們夫妻扮演其中的角色。該散文回敘我們去日月潭的蜜月之旅，當時曾邂逅一位非常特別的計程車司機。

那次，一早由台北出門，至深夜才歸，累得人仰馬翻，第一次知曉電視作業的繁複。而平生第一次粉墨登場，雖然扮演多年前的自己，卻手忙腳亂。倒是外子落落大方，表現比我更為自然，當時就曾刮目相看；如今事隔多年，他再現風華，才又讓我想起那回他那不能小覷的表演本事。

接著，兒子看我的電腦停滯在電腦遊戲上，嗾使媳婦跟我 **PK**，後來兒子也被逗引得手癢難耐，於是，三人決定競賽。我原本信心滿滿，因為有長久的演練做基礎，誰知因為得失心太重，竟然連連失手，潰不成軍，大為沮喪。

因為分數實在距平日水準遜色太多，甚至連連要求重賽，小夫妻倆一看媽媽不肯服輸，眼看局面可能無法收拾，互使眼色，趕緊潛逃回去（顧不得彈我耳朵）。

奇怪的是，他們倆一離開，我的技術立馬恢復水平。唉！我真是個上不了台面的人啊！如何向他們證明母親玩電動的強大威力？真是煩惱啊。

有沒有被安慰到？

星期天下午得出門搭高鐵，到高雄擔任全國語文競賽評審。家家戶戶若非舉家逛街、郊遊，就是閉門享受家庭天倫之樂，獨獨我得打起精神千里跋涉、萬里投荒，心情好不慘怛！

女兒進了書房，我跟她抱怨：「心情糟透了！」「為什麼？」「因為妳們都可以自由自在睡午覺、看電視、吃東西！平平是人，我怎麼那麼倒楣，必須出門幹活兒！」

女兒回說：「人家心情也壞透了！」

「為什麼？」我納悶的問。

「因為你的心情糟透了，所以，我也跟著心情壞起來！」她像哄小孩似的哄我。

到客廳，我將同樣的抱怨告訴先生。外子反應大異其趣，他說：

「我早就跟你說，別接那麼多活兒，你就不聽嘛！你沒看新聞上過勞死的人那麼多！」真敗給他了！看來是別想從他那裡得到安慰了。

男人跟女人的反應真有如此大的差異？我心裡嘀咕著。

上了高鐵，我打手機給兒子。電話響了很久，他才接起來。聽到我的聲音，他立刻說：「我們看電影正看到最緊張的地方，你等等……」

我正沮喪得想掛下手機，手機裡傳來他的聲音：「好啦！我已經把 DVD 定格了。有什麼事？」

我說：「聽到你們正看著電影，我的心情更糟了！你們好舒服地過日子，而我現在正坐在高鐵上，要去高雄……」

兒子靜靜地聽著我的抱怨後，說：「不要賺太多錢，呷未去，會哽到。」

「不是為了賺錢啦！」講到這兒，我忽然納悶起來。當然不是為了賺錢，跑到那麼遠的地方去，拿那再微薄不過的評審費，怎會是為了賺錢！但我當初是為了什麼原因答應的？竟然想不起來。

「總之，應該是對方說了一句什麼忽然打動我的心的話，諸如：我們局長久仰你的大名，常在《名人堂》上看到你寫的精闢的……真的好希望你能來為我們的國語文……之類的阿諛的話吧！我現在也搞不清楚了。」

兒子在電話那頭笑起來，說：「你就是沒辦法拒絕別人！好啦！沒關係！幸好晚上就回來了。」

「什麼晚上就回來了！開完會吃晚餐；吃完晚飯得住在旅館裡。明天早上參賽者當場寫作，我得在高雄空等，直到下午才開始評審。評審完後，搭七點左右高鐵回去，回到家已經九、十點了。」

兒子一聽，感同身受，立刻回說：「還真是慘絕人寰啊，光聽著，都不禁要悲從中來了啊！」

晚上，回到旅館。兒子的電話又來了：「心情好些了沒？看你下午好沮喪的樣子。」

「好多了。」我說。

「那就好，挺讓人擔心的哪！明天早上既然空著，就當給自己的假日，在旅館喝喝咖啡，出去愛河散散步，或在旅館裡請人給做個全身按摩……你的生活過得太緊張了，正好趁機休息、休息，知道嗎？」

我乖乖稱是，沮喪的情緒瞬間不藥而癒！想到女兒及兒子的體貼。

至於家裡的那位男子，姑念是孩子的爹，教養孩子也有部分功勞，就暫且不予計較囉。

夜裡的我總是格外脆弱

生日過後，一切回歸正常。（先前實在High過頭了！）安靜的度日，吃飯、走路、教書、寫作、喝咖啡、看書……偶而尋求一些小樂趣，譬如看電影、吃館子、和一兩個朋友在電話裡聊天，然後，夜夜焦慮著跟睡神求和。

過了六十之後的心理和生理，確實都有著不少的變化。我得試著和這些變化共存，而不是設法制服它。

這些天在璀璨的祝福煙花中，不知怎地，我老想起過世已然五年的母親和遠赴紐約出差的兒子，不

管白日或夜裡。

母親的一生過得淋漓盡致，看似驕悍不屈，但比起被她捍衛的我的人生，其實算是委屈至極的。她沒有我吃穿得好，沒有我無憂無慮，沒有我這般生活無虞，我老後悔著沒讓她過更好的日子卻又不知還能有怎樣的改善空間，相較於她的努力，我哪配擁有這麼好的人生！但是世界是這樣的，我一點辦法也沒有。

母親無所不用其極的讓我過好日子，在窘迫的生活中，撙節用度，設法讓我念一流的學校，跟別人平起平坐；幫助我求取高學位，一手把我送上她自己沒有辦法達到的社會頂端，然後，等不及我好好孝順她，就撒手人寰。

而我，有能力做一個像我母親一樣無私的母親嗎？有能力像母親一樣的堅強嗎？

今日凌晨，我自惡夢中驚醒，打開電腦，在SKYPE上看到兒子在線上，忽然就忍不住寫下一些傷感的話；他急急打開視訊，竟讓他看見我痛哭失聲。這樣不及格的母親啊！兒子在千里之遙的異邦，看見在凌晨五點嚶嚶哭泣的母親，他將如何收拾他的紐約黃昏啊！

我的母親在我這年紀時是從不哭泣的，是堅強的，而我卻只能安慰著急的兒子：「天一亮，應該就會好了。你別擔心！夜裡的我總是格外脆弱。」

真是個沒用的媽媽呀！只能坐看晨曦升起。

父親節的禮物

一向不喜被商家操弄的外子，雖然聲言不過父親節，但適逢女兒休假在家，又不想動鍋動灶的（去哪裡找啊），女兒還是提議出門到附近的義麵坊去吃晚餐，她請客。

義大利麵、焗飯及田螺、雞肉凱薩沙拉，吃完後，外子抹抹嘴，狀至滿意的說：「許久沒吃義大利麵，今天吃得很對味兒。」餐廳頗現代感，也還算安靜，環境、食物俱佳，然而，對剛動過小手術的外子而言，時間還是冗長了些，（何況先前他還為我的文章出去華光社區畫了幾張素描）後來，竟好似有些坐立難安的樣子了！

原先是為散步健身的，回程時，看來是有幾分勉強了，步履顯得蹣跚，我因去租錄影帶店選了幾部影片而落後了些，從後面大步追趕，見他在前方躬身吃力行走，想到他為幾次堪稱失敗的手術吃了不少苦頭，心下十分悵然。默默祝禱他此次能逢凶化吉。

一登上四樓家中，外子立刻不支倒臥沙發上，沉沉入睡。直到姪兒及兒子分別打來電話賀節，才醒轉過來。我跟兒子開玩笑說：「以為你特意打電話來給爸爸，告知將以生孫子作為父親節賀禮哪！」兒子在電話中哈哈大笑，回說：「想太多！」電話掛上後，外子若有所思，說：「那倒是！再好的禮物都不如為我們認真生個孫子。」

我不禁回想起兒女年幼時，一回，為該買什麼禮物為父親慶生煞費苦心，舉棋不定，我給他們建議：「只要乖乖的，就是給爸爸最好的禮物，不必買什麼東西。」這個小傢伙居然回說：「乖乖的太難了，我寧願買禮物送給爸拔！」後來，我建議他們乾脆買一條口紅及一條裙子送外子，兩人愣頭愣腦，不知我葫蘆裡賣什麼藥。我說：「讓他轉送給他最心愛的妻子，討她歡心啊！」兒子女兒異口同聲：「想都別想！」

結果，他們分別買了一個籃球、一盒象棋。生日那天，兩人纏著當時正值少壯的外子，又打籃球又下象棋，累得他人仰馬翻。如今，那兩位滿口有趣的童言稚語的兄妹，如今竟已到了被期待當父親及母親的年紀了，真是歲月如梭啊！

爸爸勝出！

下午，應邀到百齡高中演講。

臨出門，媳婦在客廳裡打電腦，不時發出格格的笑聲；外子在書房，將簡筆素描的畫作著色，天地靜美，讓出門的腳因羨慕而踟躕。

「我要去演講囉！沒有人會攔我吧？」媳婦抬眼納悶地看了我一眼，她可能還沒習慣我一貫的戲碼。

「我要出去演講囉！請不要攔我。」我踱到書房，對著背著我專心作畫的外子喊著。……沒有應答。

「我要出門囉，你不會攔我吧！」我不死心，執著地再次大聲說著。

「不會攔你，只要回來就好！」這回，他冷冷的回答。就在媳婦哈哈的笑聲裡，我推門出去幹活兒。

黃昏，回到家，意外地發現全家團圓。兒子從客戶那兒直接回家，女兒提早下班，媳婦是從我出門前就一直對著電腦的，外子則在廚房裡忙著。

我來不及脫下外衣，直接投入戰場，團聚讓人充滿朝氣。

天啊！是怎麼一回事！國恩家慶嗎？我看向外子，外子笑著回說：「辛苦賺錢回來，不該吃點兒好的嗎？」

桌上、鍋裡、烤箱裡、冰箱裡都是菜：一大塊煎魚、半隻放山雞、烤肋排、昨晚剩下的半鍋獅子頭，加上一大碗公中午我做好的涼拌菜（肉絲、粉皮、黃瓜、紅蘿蔔、香菇、蛋皮），另外還有蘆筍炒蝦仁及青菜等著下鍋。

「神經病哦！這麼多菜怎麼吃。」我邊炒蝦仁邊嘟囔著，再度告誡著菜色調配的道理，外子沒搭理我。

「吃飯囉！」兒女圍攏過來，齊齊吃驚地問：「今天發生了什麼事情！做這麼多菜！」

「你爸就是這樣！完全不知道多少人吃多少東西，這足夠應付一個營隊的伙食了。」我嘟著嘴抱怨。

「你媽就怕輸給我才這麼說！」冷不防，外子插嘴。

喝！原來跟我比賽咧！兒女全笑開來，努力加餐飯。

煎魚率先陣亡，外子露出滿意的笑容，這是外子做的；涼拌菜緊追著掃光；蘆筍蝦仁接續失守；肋排和放山雞各掃半盤……。肚皮容量比預想中的可觀甚多，外子驕傲地說：「你看！我的預估沒你想得離譜咧！年輕人很會吃的。」

我翻了個白眼賞他。男人真遲鈍，還真看不出來兒女是不想辜負父親的好意硬捧場的。沒瞧見下桌時，人人都反應慢了不只半拍，不但懷孕的媳婦挺著大肚子，兒子、女兒連同我都撐得像懷胎幾個月似的。

然而，一向擅長做結論的兒子，竟在離開廚房時，高喊：「爸爸勝出！」真是忘恩負義啊！枉費我為他們做了大半輩子的飯菜啊！

飯桌上的問答題

接連幾天，網誌裡又寫高檔的萊佛士酒店裡的對錶；又寫貴婦百貨 Bellavita 裡的漂亮托盤；又跟人家擠去珠寶盒買昂貴的蛋糕。身為人師，卻滿心向錢看齊的賊樣，一副敗壞社會風氣的壞榜樣。所以，今天決心回歸家常及精神層面。

白天，女兒和外子到屈尺，一個攝影，一位畫畫。我留守家中，一邊寫作、評審，一邊閉門思過，非常健康寫實。

黃昏，出門的二人興高采烈回家。我本來打算做個一日的賢妻良母的，誰知女兒獻寶，讓我在電腦上看她的攝影作品，才一會兒功夫，外子居然偷偷竊占廚房；等我得空發覺，衝進廚房，原本小火燉著打算做山藥湯的排骨，已經淪落成花椰菜湯；新鮮的魚也被紅燒完成，已然睜著無辜的眼躺在盤內；我飛快搶過鍋鏟，快炒僅存的小魚莧菜。

「趕快來吃飯囉，請不要客氣啊！」炒完菜，我高喊著。

外子忽然發現微波爐裡竟然有一碗中午熱了忘了取出的玉米湯，我趕緊吩咐他：「千萬別倒進花椰菜湯裡！如果還繼續吃，就當是增額錄取的，別跟新鮮的湯混在一塊

兒。」我知道外子一向喜歡省事，不顧品質，他非常有可能會將玉米湯倒進正滾燙的新湯裡。

女兒用奇怪的眼神看我：「歧視增額錄取哦！」她說。

「莧菜真好吃！我做的就是不一樣。」當外子一筷子夾過莧菜時，我忍不住說。

「如果莧菜讓爸爸煮，一定沒有這樣好吃。同意的，請舉手。」我出第一道題並率先高舉，女兒偷偷豎起拇指。

先生不服氣：「這有什麼！」接著補充：「是菜嫩，買得好，我買的。」

我感覺話裡頭充滿濃濃的酸意，

機警的出第二道題：「覺得今天的魚做得太好吃的，請舉手。」女兒和我都飛快舉手，外子還是同一句：「這有什麼！」這次，語氣裡有一點點得意，還有一滴滴不好意思。

「不容易啊！魚要好吃，不只要新鮮，還要味道調得好，火候恰到好處，入味。」我阿諛說到這兒，問：「魚是我買的嗎？」「當然是我，最近你上過市場嗎？」外子立刻回答。

「今天是怎樣？吃晚飯還得兼做問答題？」女兒做出不以為然狀。

「如果你不喜歡，幹嘛還一直舉手？」我問。

「看你興頭的，沒辦法，有這種媽媽！」她無奈地說。

「哎呀！這就是我喜歡你勝過哥哥的地方呀！如果是你哥哥在，我就不會這樣問啦！你們知道為什麼嗎？」我又出了另一道問答題。

「因為他根本不會理你。」這次，外子得意的搶答成功。

互相寵溺

承認寵溺孩子，該羞恥嗎？

女兒傍晚將出發到加拿大旅遊二十一天。

昨晚，整理好的一大口行李，忽然臨時決定重新改裝成兩個，唯恐寄宿的朋友家房間可能在樓上，太重了，會拎不上去。

忙著趕寫已然遲繳數日的專欄文字的我，在書房內，一邊寫稿，一邊聽著客廳裡父女倆翻來覆去的整理行李時悄聲的對話，不禁啞然失笑。

女兒已過而立之年，還和我們黏梯梯地攪和在一起，常常引發兒子的批評。

前日，兒子回家吃飯，約莫九點左右，正閒聊之時，在外和朋友約會的女兒來電，說是可能會晚些回家，朋友續攤，想結伴去唱歌。接電話的外子叮嚀她「不要太晚囉，早點回來。」便引發兒子的強烈不滿，指責他老爸說：「你們這樣對嗎？那麼大年紀了，還叮嚀她早點回來！換作是我女兒，我就把門鎖起來，規定她十二點之前不准回家！……你們老這樣保護她，她怎麼嫁得出去！」

雖然是半開玩笑性質，卻也道出了我們某種程度的憂心。

感覺上，整個台灣似乎男女適婚年齡的比例嚴重失調。我的學生也好，朋友的小孩也是，男孩子多半很快就能找到另一半，而越優秀的女子反倒越難找到匹配的對象。單身女子越來越多，不知道問題出在哪裡？

前幾天在洪建全基金會為簡靜惠的《寬勉人生：國際牌阿嬤給我的十堂課》新書發表站台時，黃春明先生便稱讚了一大段關於台灣女人的貢獻。說台灣女人撐起一片

天，半片都給男人給搞垮了。那些從事反對運動的人被抓去坐牢，都靠他們的妻子負起養家活口、照顧子女的責任。換作是女人去坐牢，男人就完了，還不知道生活會變成怎樣哪！

他說的話，我以為十分實在哪。因為我馬上聯想起幸好父親比母親早過世，否則，父親一定難以適應沒有母親的生活，他連用大同電鍋煮飯都只知道要插電，不知道要按下開關，老一輩的男人像我父親這般的，恐怕不在少數。

會不會現代女性可以擁有自己的天空，不大在乎有沒有另一半；或者不想跟老一輩的女人那樣被家庭羈絆得失去了自我？甚或見到有許多女人被困在婚姻的牢籠裡抑鬱寡歡，所以寧缺勿濫。

等會兒，女兒就要出門了。我希望藉著一趟自由的旅行，她能有更清晰的理路將人生的所有困惑都一一釐清。

我們沒有打算聽從兒子的話（OS：我們還不是那樣寵你，你不是也結婚了！）依然堅持送她到機場，因為我們珍惜每一個和孩子相處的機會。

承認寵溺孩子，該羞恥嗎？

為了幾個熱騰騰的包子

下午，寫完專欄稿子，心情舒暢無比。

外頭不知為什麼緣故施工，機器聲音震天價響，真是煞風景極了！

外子邀約出去走走，我立刻欣然應邀。

原本想純散步，繞著中正紀念堂走一圈。誰知走沒幾步路，外子另有主意，問：「要不要乾脆搭公車到忠孝復興站，去『姜包子』買些好吃的包子？」

於是，兩人轉身朝另個方向前進。

包子店大排長龍，我很不好意思地跟著排，那心情很像多年前母親猶然在世時，外子跟我為了母親到牯嶺街補齊瓊瑤的作品集一般，感覺很害羞。當年是怕別人誤以為我偌大年紀還沉迷風花雪月；今天則為一大把年紀卻為貪吃不惜排隊，被學生或讀者看見不好意思。

其實，更可恥的還不在排隊，而是熱騰騰的包子在袋內不停誘惑。回家途中，外子和我居然等不及的偷偷找了個偏僻角落，各自狼吞虎嚥了一個鮮肉包。哎呀！滋味真是鮮美無比啊！

回到家，我急急打電話給新媳婦，試探她是否在家。孫越叔叔說的：「好東西要跟好朋友分享！」媳婦運氣很好，正好從外頭返家。我立刻飛車馳送六只餘溫猶在的包子。黃昏，剛找到新工作的女兒，下班後又得直接飛奔前往家附近的金甌女中教英文。外子也趕緊下樓護送一個包子到學校給她解饞止飢。

兩老心滿意足，覺得幸福無比！為了幾個熱包子能及時送給兒女。

我忽然想起，女兒讀金甌女中時，有一段時間內，常在下課回家前，趕著在一攤專賣小籠包的攤販前排隊，買幾個小籠包回家孝敬我們，我們就在黃昏的家中享受著女兒的貼心。

哈哈！原來我們一家都是孝子。以前兒女孝順我們，現在我們孝順她們。

語言的延展性

可不可以請教一下？

「可不可以請教一下……」

「不可以。」女兒沒等我說完，斬釘截鐵的大聲回答，我嚇了一跳。

「我還沒說出請教的問題哪！你……」

「不管什麼問題我都不想被請教。你既然問我可不可以，我當然有權力說不可以。」

她看我露出吃驚的表情，噗哧笑出聲來。

「自己的女兒幹嘛那麼客氣！不必請教，直接吩咐即可。……現在請說是什麼問題。」

「我忘了。」我真的忘了，被嚇的。

有必要說成這樣嗎？

聊天時，女兒告訴我，過幾天想去燙頭髮。

「剪髮、燙髮加上洗髮、吹髮，總計二千八百元。」

「是樓下的美容院嗎？」我問。

「不！是信義路上另一家。」

我替她緊張了。

「那你下回去樓下美容院洗頭，老闆娘會不高興哦！也許會說話酸你哦！上回我光去別的地方剪個頭，就被她批評得體無完膚。」

「那我以後就不去她那裡洗頭就行了。」

我更緊張了！這回為我自己。

「那我去洗頭時，她若問起你怎麼都不去洗頭了，我該怎麼回答？」

「你就告訴她，我失業了，沒錢在外頭洗頭。」女兒指導我。

我鬆了口氣，回說：「對！對！對！好主意。就說你失業了，沒錢讓人幫著洗頭，都自己洗、自己吹、自己染……」

女兒睜大了眼，我福至心靈：

「還……還……自己燙……」

女兒瞬間傻眼：「有必要說成這樣嗎？不會太超過嗎？」

女兒倦遊歸來

經過二十餘天的浪遊，女兒終於在風雨中返家。睡夢中，感覺浴室裡似乎水聲嘈嘈，起身出房門，竟與頂著一頭濕淋淋長髮從浴室出來的女兒正面相照，差點兒喜極而泣，緊緊擁抱許久。

女兒回家了，依舊嘰嘰喳喳個沒完，細說從頭。口述之不足，還搭配一個個標示了日期的相片檔案夾，聲光俱足的。忽然對著其中一個空檔案說：「啊！這天沒照相」時，我如獲大赦的鬆了一大口氣，隨即發現自己的不敬。可也沒法子，持續對著電腦螢幕看了四十多分鐘的照片，誰的眼睛受得了！再美好的風景也撐不住哇！

外子昨天就已做好迎接的準備，買了女兒最愛的鯧魚和高麗菜，父母的愛，總是從吃食開始。女兒在飯桌上信誓旦旦並邀請我參與她即將進行的新生活運動：「從今晚開始，我要早早上床，早晨早早起床。媽媽！你如果有心治好你手麻的毛病，也請加入早起行列，跟我一起運動。」

原來此行見到移民加拿大的熊叔叔變得苗條健康，他傳授瘦身祕訣，正是生活正常，早睡早起。

我禁不住她強烈的遊說，決定跟著振奮。希望她不要像以往一樣，老是只維持五分鐘的熱度。前一陣子，她的新嫂子力勸她前去運動中心持續游泳，她也信心滿滿的矢志聽從，卻連一次也沒去成。

當然，什麼樣的女兒必有什麼樣的媽媽做榜樣，我的記錄也同樣不光彩。從甩手運動到拜月到踮腳尖舉手走路到簡易瑜珈，短則幾天、多則一個月，同樣無役不與卻屢戰屢敗。

這個故事告訴我們：立志容易實踐難。

大家等著瞧！這回一定會持之以恆的。（咦！這台辭兒挺熟悉的，在哪兒聽過呢？）

有口說別人

早上起床，女兒意氣風發，打算信守承諾，徒步去信義路二段的公保大樓，開始一天的運動。

她說：「來回一趟應該走夠一天份的運動量了！」吃完早餐，喝好咖啡，穿上外套，豪氣萬千的準備出門。

外子看到外頭下著的毛毛雨，跟她說：「不要逞強！還是坐公車吧，天氣不好。」我氣了！有這種爸爸！孩子才要振奮起來，就丟給她躲懶的藉口。

「你不能這樣寵小孩！今天下雨，明天出大太陽，後天陰天，大後天沒睡好，大大後天犯頭疼……每天都可以找到不運動的理由。怎麼會有這種害人精的爸爸！」我怒斥他。

「話不是這樣說，運動也得看狀況。我看她剛旅行回來，眼看就開始鼻塞了，不要因小失大，到時候感冒了更麻煩。」外子辯解。

「不行啊！運動就要風雨無阻，否則很快就會不戰而潰。」我懶懶坐在沙發上，堅持著。

「你這不就像美國那位風雪無阻去上學的納爾遜將軍嗎？」外子低聲嘟囔著。

「啊！你說什麼？」我大聲問。

「我說啊！你這根本像前兩天電視上那位強迫孩子光著上身在雪地裡奔走的家長嘛！」他簡直瘋了，竟然類比這麼誇張的例子！是存心跟我過不去？把我醜化成沒有人性的可惡媽媽！

「哪有這麼誇張！你的女兒幾歲了？何況下點小雨罷了，還穿得暖暖的。」

外子無趣的走開，我好像聽到他不服氣地嘀咕著：「有口說別人，沒眼看自己……」

欸！這是怎樣！積怨如此之深啊！

被直接命中要害了！

一早起床，就看到女兒手上拿了一堆資料在書房、客廳、臥房間進進出出，不知忙些什麼。

一會兒，拿著學生的成績登記簿到我身邊來抱怨：

「我就奇怪，不管怎麼三叮嚀、四吩咐，就是有學生不肯繳作業。今年我不再進行催繳了，不及格的，直接給他當。搞什麼！怎麼會有這樣的學生！」

「你現在知道媽媽過著什麼樣的生活了吼！『師』不聊生啊！這種事我年年遇到，年年跟你一樣立志，年年破功。」

「我跟你不一樣，我已經下定決心了。」她握拳宣誓後離開。

沒過多久，又跑過來哀號：

「我怎麼把自己搞成這樣！首如飛蓬，臥房裡也一蹋糊塗，真是糟糕的人生啊！」

「沒關係啦！亂七八糟的沒打理自己，證明你曾經為某件事相當執著，努力以赴，以至於忘了自己，精神可嘉。」我安慰她。

「謝謝你哦！這樣講會不會太牽強？我都不好意思了。」她露出愉快的表情。

爸爸過來了，問什麼事？女兒又說了一遍，爸爸可沒我那麼仁慈心腸，立刻打蛇隨棍上：

「是啊！人一沒秩序就會變成這樣！自己要注意啊！平常要是養成習慣……」

「哎呀！這個爸爸真是太不識相啊！人家已經自我檢討了，做父母的，就該雪中送炭一番，怎麼還這樣打擊女兒！」我說。

「沒關係！我又不是第一天認識他，習慣了。」女兒語氣有點兒酸。

「可是，話說回來，也是因為我這樣的縱容，才養出了這樣亂七八糟的女兒吧！」

我接著補充說明。

女兒瞠目結舌，那神情是被直接命中要害了。呵呵呵……

原來姹紫嫣紅開遍

臉書上看到女兒PO了沮喪的文字，說：「憂鬱症不准上我身!!離開!!」我當她開玩笑，我看著她笑容滿面的大頭貼，回她：「笑得如此燦爛！憂鬱症不會喜歡你的。」沒料到她卻透露自己在台北的家中閨房內無端大哭，覺得萬念俱灰，讓遠在台中的我大吃一驚，卻又鞭長莫及。

也許是季節的關係，春日即將轉夏，最近，生活的變化特別多：頸椎壓迫得勤跑醫院復健；兒子、媳婦正好搬回家中暫住；學生頻頻來訪又好消息不斷；我在臉書上和臉友互動頻繁，興致勃勃的，天天都有說不完的話題。

是不是家常中只顧注視挺著大肚子的媳婦是否又因肚腹鼓脹不適？是不是為著學生頻傳的得獎好消息歡欣不已？是不是因此疏忽了剛換工作的女兒的情緒？我不由得反躬自省：是啊！似乎已有數日，當我們在客廳圍聚談笑之際，她總提前告退，說是太累了，要早些入睡，她一向是喜歡在一旁「拾話鬚」的可愛小妞的啊。

人生總是這樣，越是親近的人，總越得不到關注。當兒子媳婦沒有同住之時，我常笑稱：女兒、外子和我，我們仨，就像錢鍾書、楊絳和她們的女兒一起生活時，同樣的親密。如今，女兒遠距狂哭，真讓我們夫妻倆痛斷肝腸。

為了什麼原因？她說：說不上來，只覺恐懼，什麼事都不想做。我惶惶然莫之所以，請兒子就近寬慰。兒子在電話中責備我們過度寵溺女兒，妹妹長大了，需要學會自己排解情緒。我悵悵然掛斷電話，跟外子說：「兒子沒有同理心，唉！人生太順遂的人啊！怎知民生疾苦。」

一會兒，妹妹的臉書上，出現哥

哥的留言：「寂寞芳心幫你徵友好了。」
我問女兒要不要回台中來？
她回說：「哈，媽媽～謝謝～不了，我要學習自己處理情緒！」
哥哥看似漠不關心，看來是曾去對妹妹做過一番思想教育的！妹妹那口氣，分明來自哥哥。
緊接著，女兒的臉書上居然公然PO出：「徵友～徵啊～～但請記得『非誠勿擾』……謝謝！」
湯顯祖《牡丹亭．遊園》裡，思春的杜麗娘唱出了年輕女子的千古心聲：「原來姹紫嫣紅開遍，似這般都付與斷井頹垣。良辰美景奈何天，賞心樂事誰家院！」
看來，我也許應該聽兒子的，公開為女兒徵友才是對症下藥啊。以下是徵友條件：
「家有體貼可愛女子一位，徵求適婚男女一枚。家世不拘，男女不論，思想自由、行動拘謹；好吃可以，懶做不行；嘴巴甜蜜自然好，內心誠懇最重要；身要強、體不必壯；願意學習岳父吃苦耐勞精神，時時阿諛丈母娘討她歡心，其他則『王八看綠豆』，看對眼就行。」

家庭記事簿裡的六~九歲女兒

午後，不知為了何事，外子翻出昔時的簡單家庭記事簿。其中有好幾則，簡單幾筆，讓人閱之噴飯。今天先PO幾則有關女兒的，博君一粲。

其一：女兒即將屆滿六歲

「自中原幼兒中心畢業。典禮當天，外公、外婆專程由台中趕來參加。典禮中，上台合唱畢業歌時，連打了兩個大呵欠；領畢業證書時，小博士帽差點兒掉落台上。」

其二：女兒六歲

「最喜歡重溫舊夢，一再翻閱舊相簿，像個老太太。」

其三：女兒六歲半

「到中壢新生醫學化驗院，檢驗血型，得知跟媽媽一樣是A型後，安慰爸爸：『爸爸不要難過，再怎麼說我都是你的女兒。』」

其四：女兒七歲

「喜歡哭，自艾自憐，無法自已。常說：『你們都不愛我，等於白白被生下來；你們都比較喜歡哥哥，跟他講話都比較溫柔。你們都不了解我的心理，我的心是很脆弱的・ㄋㄟ！』」

其五：女兒九歲

「體貼溫柔，愛美，常偷擦媽媽的粉、口紅及眼影，學中國小姐走路，搔首弄姿，頭髮梳得千變萬化，且樂此不疲。」

解決問題的妙計

頻頻回顧？

今日重閱《世說新語・規箴第十》裡一篇寫東方朔獻計解危的文章：

漢武帝乳母嘗於外犯事，帝欲申憲，乳母求救東方朔。朔曰：「此非脣舌所爭，爾必望濟者，將去時但當屢顧帝，慎勿言！此或可萬一冀耳。」乳母既至，朔亦侍側，因謂曰：「汝癡耳！帝豈復憶汝乳哺時恩邪？」帝雖才雄心忍，亦深有情戀，乃悽然愍之，即敕免罪。

簡單翻譯就是：

漢武帝的奶媽曾經在外頭犯了法，武帝想加以治罪。奶媽嚇壞了，向東方朔求援。東方朔說：「這件事沒辦法用口舌解決，如果妳一定希望把事情辦成的話，到時候皇上必找你去問話，離開的時候，你不妨頻頻回頭看皇上，切記千萬別說話。這或許可以讓你有一線的生機。」

乳母去見武帝時，東方朔就站在皇上旁邊。他故意對奶媽說：「你真是糊塗啊！聖上哪裡還記得小時候給他吃奶的恩情啊！」武帝雖然才能出眾，心地殘忍，但也很念舊情，一聽這話，頓覺好不忍心，於是，就赦免了奶媽。

這是一則充滿肢體語言的機趣文字。看完後，想起一樁往事，不禁大

笑起來。

兒子上幼稚園時，經常呼朋引伴到家裡來玩耍。其中，有一名男童，因為父母工作較晚返家之故，放學後經常在我家逗留。一回，看到家中廚房地上擺著整箱台農牛奶。便一再流連廚房，和我聊天，最後，終於觸及重點議題：「阿姨！這是什麼？」「牛奶。」「要不要煮？」「不用。」「打開就能吃？」「嗯。」……我忙著切菜做飯，沒去多想。他忍不住了，問我：「那你可以讓我喝一瓶看看好不好喝嗎？」哦！終於真相大白。於是，我開了一瓶請他喝。喝完，他咂咂嘴，狀至滿意。跟著提出第二個要求：「很好喝！那我可以再喝第二瓶嗎？」孩子後來喝了第二瓶沒有，我已經記不得。但那男孩讓他母親給領回去後，我決意開始進行家庭教育：

「哥哥！像今天XX跟我要牛奶喝，這樣的行為對不對？」「不對。」「為什麼不對？」「因為不能隨便跟別人要東西吃。」我至感滿意，覺得兒子的家教果然良好。隨口叮嚀：「乖！要記得！這樣很不禮貌哦！」兒子笑得開心，回說：「你放心好了！我才不會像他那麼笨！開口跟人家要。我只要朝喜歡的東西一直看、一直看，人家阿姨就會拿給我吃了。」

我不禁目瞪口呆。兒子的話，除了頗得《世說新語》之旨外，還別具筆削大義：「你未免太不上道了，居然還得鄰家男孩再三陳辭！別人家的媽媽，顯然比你更加主動積極，更加能將心比心。」

希望有四十張嘴巴

兒子小二時，有一天我們效法孔老夫子，進行「盍各言爾志」的交流。

他說他希望擁有四十張嘴巴。

接著敘說原因：「因為有四十張嘴巴可以吃好多、好多東西。」

哦！原來是愛吃鬼，這傢伙！

「還有，……有了四十張嘴巴，老師就會點到我起來說話。」

接著，他補充說明：「每次舉手，老師都不點我；不管我怎麼喊：『我啦！我啦！』她就只是一直點別人。如果我有四十張嘴巴，她就逃不過我了。我的四十張嘴巴可以一直追著老師跑，總有一個嘴巴不小心會被她點到。」

我嚇得目瞪口呆。很快的回想，我的學生裡是不是也有人正用這種天羅地網方式企圖在我的課堂上尋找發聲的機會？

當然，還可能有另一個解讀的角度：兒子實在太愛表現了，老師想把機會讓給別人，提問時刻意跳過他，甚至連眼睛都不敢瞥他，這現象不也常發生在我的課堂上嗎！

感受到怎樣的幸福

多了個女兒感受到怎樣的幸福

昨夜，兒子和新媳從台北南下台中過年前，我請他們先回我台北住處，幫我取回忘帶的化妝品。怕他們不知帶些什麼，吩咐到現場之後用電話聯絡，我好遙控說明。

十一點左右，媳婦打來電話，聲音清脆嘹亮：「媽～現在我就站在浴室裡，你要我們帶什麼？請說……」忽然一股熱淚湧上，幸福得差點掉下來！

「媽！」尾音上揚的一個字，堅定而撒嬌，清清楚楚的，跟我的女兒叫我時完全一樣的聲音。我決計今晚除夕晚餐時要鼓起勇氣跟他們示愛，說我多了個女兒感受到怎樣的幸福。

將新科親家母強制緝捕到案！

昨天傍晚，兒、媳及他們的朋友在家中小聚。開車路過台中要南下台南老家的媳婦小弟和新科親家母順路來訪。

媳婦奔告：「媽媽只來小坐片刻就走，他們說不留下吃飯，要趕去台南看舅舅。」正在廚房大火炒菜的我，聞言大驚。即刻提著鍋鏟奔出客廳，嚴肅叮囑兒子：「請準備繩索兩條，一俟你岳母及小舅子來訪，立刻將他們五花大綁，加之門戶深鎖，嚴加看管，不讓離開！」

終於，親家母等二人被脅迫就範，繩索幸得備而不用。老少親友共聚一堂，笑語喧闐，真是好不開心。

呵呵！可不是！哥哥家年年去，不稀奇；到我這個親家走春可是第一回，怎能不將他們強制緝捕到案！

阿公、阿嬤：這係汝A孫新婦啦！

今午，在外頭吃過飯後，新媳主動提議去清水老家走走，外子顯然萬分開心，比平常日子顯得活潑許多。我們先到牛罵頭上的祖墳去向阿公、阿嬤行禮，專程把可愛的新媳婦介紹給在九泉之下的阿公、阿嬤認識。

從去年掃墓至今還不到一年，山上的野草居然長成一人高，連路都分不出來。我們邊拂青翠的芒草前進，邊笑鬧著辨識一個又一個的壙上碑文。然後，立正在我的公公婆婆及祖父母面前，鞠躬致意。心裡想著：疼愛我的公婆看到我們找到這麼美麗又體貼的孫媳婦，真不知道會有多開心！我也在公婆前立志要像公婆疼愛我一般的疼愛新媳。

接著，回到古厝。小叔雖搬遷到新屋居

住，卻沒疏忽老舊的三合院老厝，種了漂漂亮亮的九重葛、日本楓樹、鮮豔的小草花，庭院間，花事爛漫，讓人好不開懷！因為臨時起意，孩子的叔叔不在，房門深鎖，我們在院內照了相，也將美麗的新娘介紹給院中燦爛的花兒。

外子一路笑語頻頻，談當年趣事，父母生活狀況及他的艱難求學歷程，我則隨時補充闕漏。而想是因為媳婦願意抽空了解婆家歷史並仔細聆聽，讓他極為感動。他一反往常惜言如金，卯足了勁兒說了平時不說的笑話，回應語言時，也展現前所未有的機智幽默。而媳婦笑點極低，極捧場，笑得前俯後仰這點也讓我們相當開心。我們相信：開朗的個性永遠是溝通時最有效的利器。

一整個下午的返鄉行，又爬山又逛街的，才回到潭子。外子兒子新媳一進屋子，即刻栽到，陷入昏睡狀態，他們說：「太累了！」只有我精神依然奕奕，這到底是怎麼回事？少年郎哪會這尼無擋頭！

今年年初五的「婚後趴」

今年年初五，兄弟姊妹齊聚潭子老家，給兩對去年底註冊結婚的新人捎來祝福。沒有舉辦常俗的儀式，只由每家各帶幾樣菜來共襄盛舉，在老家院中介紹新人給大夥兒認識。

我們之所以選擇在外公外婆的老家舉辦，除了有足夠的空間外，一方面是告訴疼愛孫子孫女的他們說：「您們的孫子和孫女已經自組家庭，立業成家了。」一方面也提醒後輩晚生莫要遺忘了疼愛她們的外公、外婆。

事情意外的順利！前夜驚出一身冷汗的狀況——椅子不夠坐、餐點不夠吃、天氣不合作、出席不踴躍——完全沒有出現。

年初以來一貫的陰霾濕冷，忽然一掃而空。太陽意外降臨，陽光灑在院中擺滿吃食的方桌，也綻放在每張親人的臉上和心裡。

大嫂家帶來醉雞和起司海鮮濃湯；二嫂炒了米粉、鯧魚、青菜外，還帶了外賣的豬腳、茴香蚵仔；二姐和二姊夫張羅了麻油雞、紅燒肉和滷豬腳；三姊連夜趕做兩鍋獅子頭；四姊提來紅燒五柳魚、青花芋頭菜；新娘子婷婷的舅舅送了自家做的滷肉飯、砂鍋魚頭；我則準備了一大鍋醃篤鮮及水果點心……場面溫馨極了！兒子的叔叔闔家蒞臨，楊永年乾爹意外現身，更是讓我們驚喜連連。

該出席的都出席了，除了出國或旅居、工作在海外的，總計來了三十九人及一隻可愛的小狗。父母一生喜愛熱鬧，看到親人相聚故居，必然萬分開心。母親臨終念茲在茲的，就是：「兄弟姊妹毋倘散去！過年過節莫未記咧叫永年來。」我們要很驕傲地敬告爸爸、媽媽：我們做到了！雖然大哥及四姊夫未及久留，追隨爸媽去了，但兄弟姊妹情誼不減反增，足以告慰。

那日，天空蔚藍，沒有一絲烏雲，很適合到處走走。我只是有些擔心，鐵製紅門換成了木質黑門；門邊的柏樹被蒼翠的唐竹所取代。爸爸媽媽！若你們有空回來逛逛，千萬別迷了路，找錯了門啊！

感受巨大的幸福

二〇一一年最後一天的此刻，和外子一起閒坐潭子老家的客廳。

他正為今午到潭子郊野的速寫著色，

我則跟往日一般，據守電腦寫作（偶而悄悄打十分鐘電動遊戲）。

人生靜美。

對現下的生活滿意，其實沒有特別的期望，

只盼歲月不驚，如此年年。

臉書的朋友們！但願你們也跟我一樣感受巨大的幸福。

為假期畫下一個完美的句點

冬陽悄悄露出臉來，在陽台的綠葉上投射出美麗的光影。外子提議到兒子家走走，兒子反而提議帶我們出去走走。於是，外子、兒子、媳婦和我四人，帶著極其閒適的心情上路。

去哪裡？兒子問。

隨便。我們答。

車子往新店方向走，不時隨性轉彎，因此看到許多意外的風景。陽光強悍到讓人誤以為夏日即將到來，新店溪邊，遊人如織，有的甚至穿著沒袖T恤。商家林立，每家都人滿為患。幾隻白鷺鷥在沙灘上競走，一隻黑狗隨著主人的投擲物，不停在溪裡來回游泳。溪裡的船隻則見男男女女拚命踩著滑動的腳踏板，奮力前進。

車行到屈尺。剎那間，人潮告退。一位老阿伯打赤膊躺臥櫻花下的石板長凳上晒太陽，陽光到了屈尺也變得溫柔。媳婦、兒子和我盪鞦韆、踩踏板、閒閒聊天，外子則手不釋「筆」，速寫山水。

車行到濛濛湖，太陽威力更減，清風徐來，水波乍興。湖水就在腳下，遊客人手一支釣竿。驀地一陣嘩聲，以為釣到大魚；大夥兒群聚以待，發現空歡喜一場，又各自掉頭聊天去了。

回家途中，跟一位年輕女子買了四支剛剛煮熟的玉米，四人躲在公路的一個角落啃食，滋味鮮美無比，套句兒子小時候的作文結尾：為此行畫下一個完美的句點。

感謝兒子與媳婦的貼心陪伴，真是美好的星期假日！

親情三溫暖

差別待遇

今早意外早起，小姐惺忪著睡眼忙換衣，我母性大發，問她要吃什麼早餐。她匆匆說：「來不及了。」便一溜煙跑了。

接著少爺起床，去淋浴。我趕緊在電鍋裡蒸上三個包子，接著準備煮香醇的咖啡，打算好好發揮母愛。少爺洗好澡，電鍋蓋子還在咕嚕咕嚕的跳動，我等不及了，趕緊將按鈕用手挑起，悶一會兒後，呈給在客廳看報的少爺。

少爺吃一口後，皺著眉說：「裡頭還是冰的。」不過，仍繼續咀嚼。我趕緊捧起盤子，放進微波爐裡，進行第二回合的蒸熱。然而，怕將包子蒸成石頭，不敢蒸太久（何況少爺還等著哪），急急端出。

少爺又拿起一個，吃了一口：「嗯！比較熱了些，但是最中心位置的餡兒還是冷的。」他繼續吃下去。

我用小跑步，將最後的那個包子再放進微波爐，眼睛緊盯著，再取出獻給少爺。這回，少爺吃了一口後，露出滿意的笑容：「都熱了！」耶～賓果！總算沒辜負我一早上廚房客廳兩地跑來跑去的。

少爺邊看報，邊吃包子，邊喝我趁蒸包子的空檔用維也納咖啡器煮出的香醇咖啡（還打包了一杯給他半路上喝），我在一旁巴結地問：「早餐還可以吧？」少爺回說：「我最近實在太忙了，不好意思吼！」

接著，媳婦起身，我急忙從廚房裡跑出問：「要吃什麼？」媳婦慌慌說：「啊！我來不及了，我媽在醫院裡等著做身體檢查，我得去陪她。」然後，也一溜煙的跑了。

這時，老爺起身。我問：「你吃什麼？」他說：「我自己來。你吃什麼？」我蹺起二郎腿，一邊拿起報紙，一邊說：「隨便！來一杯麥片吧！」

少奶奶笑得差點閃了腰

今日又意外早起，看見少奶奶在沒有開燈的客廳啃麵包，憐憫心大起（吃麵包的人都被老夫人列為可憐族）。

於是，老夫人下廚房，作乾麵線給家人當早餐。

經過多方引誘，原說已然吃飽的媳婦也吃了一些麵線，少爺小姐與老爺都極捧場。客廳裡大家齊坐喝咖啡，洗了頭的少爺，把頭上的毛巾垂掛下來，偷偷親吻他的妻子，夫人對小姐說：「把太陽眼鏡拿過來，太閃了！」少爺回頭說：「所以用毛巾遮著呀！」

少爺穿戴整齊，帶上公事包，打開大門，少奶奶送到門口。少爺叮嚀：「別跟我媽吵架！我媽年紀大，記得多讓著她一點。」少奶奶笑得差點閃了腰。

吼～～這話從何說起啊！……慈祥的老夫人即刻追出，少爺已一溜煙跑了。

不時爆出格格的笑聲

早上，少爺、小姐去上班，剩下老爺、夫人和辭職在家待產的少奶奶在家。

老爺為速寫著色；老夫人寫稿；少奶奶閒來無事，躺床上翻著老夫人前此出版的散文，閱讀少爺、小姐的年少時光，不時爆出格格的笑聲，引得前廳裡兩位老人家也跟著笑開懷。

歲月靜美，雖然室外馬路開挖的聲音震天價響。

居然走掉了一個黃昏

黃昏時分，我徵詢在家的其他成員，是否有意願出門走走，沒料到全員居然欣然響應（其實全員只有兩名）。

著裝完畢，下得樓來，忽見天邊烏雲逐漸湧將過來。外子一向做事保守，即刻露出「回頭是岸」的表情。我說：「頂多就是下雨，中正紀念堂迴廊多，怕什麼！」媳婦更猛，說：「頂多就是淋雨罷了。」於是二比一，女人獲勝。

天色逐漸灰暗，我們走在不規則石塊鋪就的花樹間道路，享受人煙稀少卻花團錦簇的愉悅。我高興之餘，豪氣萬千說：「這雨啊！你若不怕它，它就怕了你！你看！它根本不敢下來……」

話還沒說完，老天似乎聽見了，先是一大滴雨降落鼻尖，接著傾盆而下。我大吃一驚，顧不得形象，拔足狂奔，只聽得身後一陣狂笑：「哈哈哈！嗎！你不是才說不怕的！」我邊跑邊回頭看，媳婦竟挺著大肚子，在雨中邊嘲笑我、邊好整以暇漫步，好傢伙！時代變了，算你狠！

我們在迴廊上躲雨。迴廊的石椅上，有人盤腿閉目打坐，有個穿著邋遢像流浪漢的男子，居然優雅地用筷子夾麵包吃。我透過格子窗往外望，發現斜雨潑辣如箭下，回頭跟外子說：「還真是下雨了，真是始料未及。」外子驚訝地回說：「這怎叫『始料未及』？分明是『始料早及』！中文系博士用語未免太不精確了。」

出門散步欸！隨口說說的話，幹嘛得求精確？這個人太不解風情了。

接著，倒真是預料中的，雨來得疾也去得快。

三人在蜿蜒的石板路上，走走說說，談談笑笑，居然走掉了一個黃昏。

我不是待她不薄嗎？

閒來無事，婆媳二人在客廳聊天。

我：「婷！萬一有一天，有記者來問你對婆婆的印象，你會怎麼說我？」

我信心滿滿，未雨綢繆設問。

媳婦忽然朝在書房的兒子大喊：「天啊！Hank！趕快來救我啊！」

哇咧！這是什麼意思！……我不是待她不薄嗎？

閒來無事，公公、婆婆和媳婦三人在客廳聊天。

媳婦問：「媽！你對爸最深刻的印象是什麼？」

我：「講話講一半，從來沒說完。」完全不假思索。

媳婦轉頭問公公：「爸！那你對媽印象最深是什麼？」

我搶答：「話太多，話都給她說完了。」

媳婦不死心：「爸！你自己說啦。」

外子：「我再也沒辦法說得比你媽更精準了！」

哇咧！我隨便說說，他還當真咧！……我不是也待他不薄嗎？

今晚，我是蔡媽媽

兒子的四位同學結伴前來探望剛出生的小龍女，真是出乎意料之外的驚喜。

這些十餘年前兒子政大新聞系的同學，有的跟兒子一樣已然成家，有的猶然保持單身；生子者有之，尚在努力者亦有之；有的走上本業的新聞主播檯，有的從事電子或銀行業；有的在台灣打拚，有的則遠赴大陸開疆闢土。

兒子上大學的那些年，常約了同學回家吃火鍋；尤其是畢業在即那段時光，為了製作畢業光碟，他那小小的房間經常擠著躺臥五、六條大漢到天亮。常常，人馬雜沓中，還有文青在凌晨時分踱到客廳和蔡媽媽我談文說藝。他的大部分時相交往的友朋，都跟我十分熟稔，直到如今，我還能一一叫出他們的姓名。

我到金門演講，有抽到金馬獎的同學前來認蔡媽媽；我到聽奧評選標案，有知名的主播來跟蔡媽媽打招呼；我到天下雜誌辦的活動去，也有任職編輯的女同學來喊蔡媽媽。

除了「廖教授」，我還是兒子、女兒同學口中的「蔡媽媽」；也是外子同事口中的「大嫂」；鄰居間的「蔡太太」；還有兄姐嫂子親密的「小妹」……我喜歡同時具有的幾種不同的稱謂，每種稱謂的對應都各有不同的姿態，或長或幼，或莊重或撒嬌。

今晚，我是蔡媽媽。

看著他們重新聚首，大談兒女經和股市、房市的漲跌，忽然憬悟當年那些活潑青春的少年，已然在無預警間邁向步履沉穩的青年，開始成家立業且肩負起家庭重任了。這些成長和變化，讓人不由感喟歲月真的如梭啊！

兩個夢

第一夢：因為愛

接連幾天，過世親友接續來入夢。

細雨綿綿，Hank 逝去女友 Kris 在機場跑道上迎風挺立，極佳的氣色，一掃向來緊蹙的眉頭，臉孔也稍豐腴了些，整個人顯得神清氣爽；尤其風吹衣袂，更顯飄逸。

我們隔著長長的機場跑道，先是相互睇視，隨即像電影裡的情節，迎向對方，然後，在風雨中歡喜相擁。我在心裡告訴自己：「治療得很成功哦。」然後，感受到她暖暖的體溫。

接續下來，我朝身後的 Hank 說：「走吧！吃飯去。」Hank 提醒我：「媽！人家陳媽媽陳爸拔要帶 Kris 回家。」我這才發現 Kris 家人站在一旁，我羞赧地頻頻致歉；然後，陳家人環繞著一擁而上，帶著 Kris 離去，身影越來越遠，終至消失在跑道盡頭。

我們悵然搭上計程車，車上，反覆討論如何處理 Hank 即將和婷結婚問題。既歡喜

Kris平安歸來，又焦慮現實問題繁複難解。然後，我建議兒子出國去出差，兒子苦惱地反問我：「出差是我能隨便決定的嗎？逃走能解決問題嗎？」

然後，我在苦惱中驚醒，發覺是夢。

在Kris逝去整整兩年後，我第一次夢到她，慶幸她在另一個世界過得很好，因為氣色很不錯，胸懷暖暖的。

她應該不介意Hank即將要結婚了。因為愛，她會給予祝福的。

我過慮了吧？

第二夢：母親回來告別

睡不安穩，頻頻作夢。

黎明時分，我自夢中驚醒，發現自己滿臉是淚，枕衾盡濕。

場景依然是兒時的四合院稻埕，我長期做著的夢。我三十歲時，母親陡然離家出走過後即不斷出現的夢。

這回父親不再出現，沒有像以往夢中般哀哀挽留他的妻子：「汝係要我怎樣，才肯留下來。」而我也不再是童稚模樣，已然是中年女子。

母親從屋內走出，平靜地朝我說：「我又要走了，這遍，我要去極久，可能未擱倒轉來。」

我攔住她：「汝要去叨位？」

母親默然。

我再問：「每次去那麼久，都不跟我們說去叨位，這遍一定要講。」

母親回答：「阮老闆叫我要保守祕密，毋倘講出去。」

「恁老闆是啥人！伊比阮卡重要？」我提高音量質問。

「橫直就是老闆！講了汝也不識。……反正天機不可洩漏，規定就是要保守祕密，這和重要抑是無重要無關係。」母親低下頭，語氣堅定地說。

「哪會安捏！……汝不可以這樣！做女兒的，竟然不知道自己的媽媽要去叨位，汝知這是多讓人傷心的代誌！……就是做老闆，嘛著要講理啊！」

母親面露哀傷，卻依然保持沉默且作勢離開。

我發狂地、歇斯底里地哭喊追擊：「汝知否！不管我活在世間有多成功，我們母女一場，做女兒的我竟然不知媽媽要去叨位，就是我一世人做人最大的失敗！」

然後，我企圖拉住她的衣裾，卻不知怎的，衣裾柔軟如絲，竟從我指縫間輕輕溜走。

母親飄然遠去，我大哭著狂奔，一路追趕，心中隱然升起不祥的預兆：她此去再也不會再回來了。

然後，我醒來。

母親已然逝去五年了。

風中的嗚咽

我也低下了頭

今午，陪伴鵠候多時的二哥打牌。

二哥中風已然多年，行動不便的他，兒女散居台北與大陸，自母親過世後，只得嫂子陪伴，顯得分外落寞。每天坐在客廳，不方便到處走，只是對著室外空望，最期待的就是我回老家時，能糾集大嫂、姐姐們，陪他打一圈衛生麻將。

所以，只要回中部，我總希望能排除萬難陪陪他。這回，因為頸椎壓迫，本來不宜同一姿勢久坐，但他的電話一來，我又不忍心拒絕了。二姐體貼我，不讓我再為做菜張羅，於是，請我們到位居豐原的家裡吃午餐，順便摸個一圈。

到西風時，一對久未謀面的長輩聽說我們就在附近，由四姐陪著來聊聊。八十多歲且為多種癌症糾纏的老人家，看到麻將，眼睛一亮，我心知肚明，假裝上洗手間，請他代勞；他半推半就上桌，手腳麻利，雖然太太擔心他不堪久坐，而他也再三謙稱多年沒有接觸，恐已不大熟稔，但坐上牌桌後，卻展現了驚人的意志力與高度靈巧度，原來打牌跟騎車一樣，只要上手了，便終身不會忘記，寶刀永遠不老！

牌局結束，長輩與二哥都露出了滿足的表情。

老人家走後，我促狹的問二哥：「我以為你是因為想念媽媽的老家，所以，常常想著回老家打牌；原來只要有牌打，到哪裡都歡喜！」

二哥低下頭，眼睛看著地上，回說：「哪裡！再怎麼說，也還是覺得回老家最自在、最歡喜。」

我也低下了頭，紅了眼眶。我想：我們同時想起了我們辭世五年的媽媽。

這些儀式都可免了

前些年，婆婆剛過世，祖墳正整修中，暫厝中部山上某靈骨塔。

家屬必須購置鐘點卡片，想祭拜亡靈，必須刷卡計時。

清明節時，舉家連袂前去祭拜。

刷卡後，以為可以進去骨灰罈前和婆婆說說話，誰知竟然在阿彌陀佛樂音中徐徐推出婆婆遺照，讓家屬對著遺照燒香焚紙，行禮如儀，真是好不荒謬！如此，跟在家裡對著整本繽紛的照片或電腦中的遺照憑弔有何不同！

拘執形式，不問本然，莫此為甚！然而世事總是如此，想挑戰荒謬者，往往得要禁得起無聊的輿論撻伐。

父親過世二十餘年，母親過世也已然五年，年年有喜事、心事時，就對著家中父母遺照，跟他們報喜或商量；得空時，則開車前去他們安息的寶覺寺塔位前，不燒香、不燒紙錢，連鮮花素果都沒帶，只是對著承裝他們的骨灰罈，在心裡默哀。

我知父母確切知道我愛他們、想他們，這些儀式都可免了。

終將成為風中的嗚咽吧？

昨晚，兒子及媳婦回家吃晚餐。

閒聊時，談及他們的早午餐吃的是喜瑞兒泡牛奶，我心下一陣慘然，覺得人間悲劇，莫此為甚。

這種食物，對我而言，無論如何就是難以下嚥。

於是，我在廚房中邊虎虎地做菜，邊憂心交代他們：

「如果我將來老了，不幸或幸而落入你們的手裡，務必請同情我，千萬別拿這種食物餵我。拜託！拜託。」

不知為何，我就是對所謂的健康食品，先天性排斥。五穀雜糧等粗食，等閒不肯入口。專吃筍干、鵝肉、熱炒……外加咖啡等，怎麼不健康就怎麼吃！這樣的婆婆，真是不良的典範啊！

媳婦入門後，才從媳婦處學習比較健康、沒有油煙的烹調方式，而且正努力篤行中。但是，喜瑞兒那種坑坑巴巴的東西，無論如何是沒辦法接受的啊！

我忽然想起久遠的過去，公公過世時，停靈在四合院的大廳。四月天，已經有些炎熱，我們在樹下邊燒紙錢邊聊天。好發議論的我，對遺體沒有及時處理，可能抒發了些想法，自己並不以為意。

幾個月後，小姑忍不住告訴我：「那天，媽媽聽了你的話，特別偷偷吩咐我，說：『萬一我死了，千萬別讓你二嫂把我弄到殯儀館去，我怕冷。』」媽媽口中的二嫂指的就是我。

然而，婆婆過世後，眾人毫無異議地還是將她送進了殯儀館，都避談母親曾經的心願。所以，我的叮嚀或者也會跟我婆婆的話一樣，終將成為風中的嗚咽吧？

感謝你們一直對我的好

昨晚，母親節之夜，我為了查閱資料，翻出一九八〇年六月到一九八一年五月間，外子出國進修時，我寫給他的信。翻著、翻著，竟一路看了下去。

外子出國那年，兒子年僅一歲半，我肚子裡的女兒尚未出生（外子五月出國，女兒七月出生），生活之艱困可知。信中除了對兒子、女兒的成長有詳實的描述外，最多的是報告樽節用度的情況。

最讓我驚訝的是，其中記錄了所有周邊親人對我的幫忙與照顧。這些陳年往事，就像工筆畫一樣，一點一滴的被原子筆滿滿記錄在航空信紙上，每一篇都讓人閱之落淚。

當年六十四高齡的父親，最常說的就是：「我要退休，專心來帶含含，他實在太可愛了！」母親則一肩扛起我生女、坐月子及照料新生孫女的重責大任；大哥、大嫂負責用車子載送我和孩子回婆家省親、到醫院看病等細事，大嫂還三不五時過來老家幫忙照顧女兒或帶走兒子，讓我喘一口氣；而二姊、二姊夫在我生產初期及坐月子期間更直接接手照顧兒子的責任，把小兒帶到豐原教養，讓正呀呀學語的兒子學了一口台灣國語，並過著備受寵溺的生活；四姊及四姊夫也經常回來搶兒子去照看，兒子因此習慣了過著四處為家的生活，這或許種下了他日後到南美流浪一年的種子。

遠在中壢的三姊及三姊夫則另有重任，負責裝修我們新購的房子，從找店家、估價、殺價，一直到屋子落成後的刷洗、搬家，冒著颱風奔進、奔出，備極辛勞；而遠在台北板橋的二哥、二嫂也沒閒著，因為女兒放在台中潭子老家，我和兒子幾乎每星期回去探望，二哥總不辭辛勞下到中壢接我母子上路，直驅潭子。甚至連開雜貨鋪的阿姨都對兒子諸多憐愛，兒子愛吃的酸梅、口香糖和布丁，總是有求必應。

當年，出國讀書是大事，娘家、婆家集體總動員，搬家時，當時非常勇壯的大姑（外子的大妹）幾乎巨細靡遺的打包裝箱、搬運；因收入銳減、生活拮据而暫停給付每月生活費給公婆及娘家父母，他們非但不見責，反倒諸多補貼。如今想來，不覺淚流滿面。

在每封信裡，我都殷殷將心裡的感謝告訴外子。我忘了當時是否曾經當面將這些感謝掛在嘴上，讓所有人知曉。但多少年來，我幾乎都忘了這段苦不堪言卻又甜蜜溫暖的歲月，連帶也忘了他們的諸多襄助。

「施恩慎勿念，受恩慎勿忘」，很差勁的我，老記住對別人的好而忘了別人對我的恩情。也許因為這段往事真的不堪回首，也許潛意識裡刻意遺忘，若非重閱了這些信，我真的都忘了曾經的滄海桑田，也忘了家裡父母兄弟姐妹曾經如此集中火力的愛過我、同心協力地幫助我度過艱難的歲月。

如今，父母公婆及阿姨都相繼仙逝；大哥、四姊夫也跟著走了，遺憾已無法跟他們訴說我內心的感激；幸而，嫂嫂、姊姊、小姑……等猶然健在，我要大聲地跟她們說一聲：「真的感謝你們一直對我的好。真的！沒有你們，就絕不會有今天的我。」

輯三　我的老症頭

不想做家事的撇步

如果不想做家事

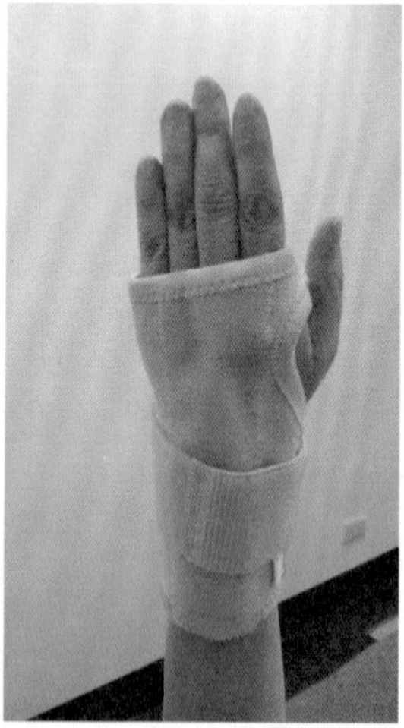

如果不想做家事，你會怎麼辦？

我有一個祕密武器，只要戴上它，一切就OK！

戴了它，有人瞥見了，立刻眼神變得溫柔，說：「毛病又犯了？好可憐。」

戴上它，從冰箱取出菜，馬上有人搶過去，說：「你的手不方便，我來做飯。」

戴上它，吃過飯，假裝收拾碗筷，立刻有人說：「你走開！手別弄濕了，我來洗碗。」

戴上它，取出咖啡豆，有人走過來，接過去，說：「你的手不靈光，我來煮咖啡。」

戴上它，……戴上它，……

今天，有人意味深長地建議：「我覺得你或許應該再去幫右手也買另一個護套，這樣，就可以……」

後面的話語音很模糊，沒能聽清楚，但我怎麼感覺言外的譴責之意好清晰。

你被機器人取代了！

每次回台中老家度假，先得做拖地婆，五十餘坪的地板，用吸塵器吸一遍就已經精疲力盡，再用拖把拖一遍，整個人癱在一旁，度假的情緒都沒了。

朋友聽說了，推薦了機器人吸塵器：

「棒極了！掃得乾乾淨淨的，連椅子底下都沒放過，跑進跑出地吸塵，沒電了，還會自動回歸原地充電，聰明極了。若是要用濕布抹地，也可以換上濕抹布。」

於是，我們立刻從善如流。

機器人買回來後，先在台北的家裡實際操作一番。黑色的小圓盤姿態優雅地穿梭在屋子的各個角落，真的沒放過床底下、椅子底下，我們跟著它的腳步，也跑過來、跑過去的，整個晚上興奮得不得了！

每個親戚來，都問：「好用嗎？」我們總不厭其煩地示範一番，小機器人被使喚得想必累極了，如果它會說話，鐵定要不耐煩地說：「哇靠！我是給你們鬧著玩的嗎？」

一名非常會持家的親戚，在參觀完畢後建議我們：

「既然有這個玩意兒幫忙打掃，你們又何必每周請人來打掃兩次！你們可以縮減成一周一次，甚或過年時再找清潔公司一次清理，平常就自己擦擦桌子、瓦斯爐即可，就別浪費錢了。」

外子和我面面相覷，不知如何回答。

親戚走了，我們面對浪費錢的指控，有些失措。

他說的沒錯，抹抹桌椅，用機器人擦地、用洗衣機洗衣服，這麼簡單的事，難道我們無法自理！想來想去，我才明白其中的難處在：如何開口跟長期幫忙我們的阿姨說：「從今以後不用來了，你被機器人取代了。」

也許她正用這筆收入，每個月上會哪！也許，她用這筆錢給遠在南部上學的孩子付房租或生活費哪！也許，她用這筆錢每個月給公婆買些營養的點心哪！也許，她正將點滴辛苦所得存起，過年時，計畫帶孩子去哪裡旅遊哪！也許……我怎麼開得了口跟她說：「對不起！你被機器人取代了。」

關於沉迷

叛逆期來得太晚

說起來真是不可思議，全都是些無聊到爆的遊戲。寫博士論文時能玩新接龍玩到天光。後來玩 ZUME，打到地老天荒，過關斬將的，歷經幾十次最後一關，灑了我一頭一臉的鑽石或流星之類的。

女兒在我的桌面上下載了一個既無聊又刺激的遊戲 Bejeweled Blitz，我從黃昏直打到次日凌晨七點，無法自拔。這遊戲暴露了我毫無自制力的弱點，只是一個無聊的遊戲罷了！卻一直一直不甘心地一而再向高分挑戰。女兒清晨醒來，我立即命她將遊戲刪除，兒子得知後，說這有何用！最後還不是又會半撒嬌、半強迫請女兒恢復。「除非將妹妹整個人徹底 delete 掉。」兒子還補充說明。他果然未卜先知，幾天後，遊戲又出現桌面上。我又徹夜未眠，外子醒來後，看我（累）眼迷離，眼圈像熊貓，大吃一驚。我俯首自動繳械，請求他送我去醫院戒斷，像吸食強烈毒品的慣犯。外子非但不理會，還殷勤奉上水果一盤，說他只採柔性勸導。怎麼辦啊？工作堆積如山，卻沉迷不返，柔性勸導對得了失心瘋的人怎會有用！

如此看來，我少女叛逆期實在來得太晚！

不立誓就永遠是好漢

前夜，至凌晨四點方入睡。睡前，悔恨交加，矢志戒斷打電動的惡習。早上接近十點起身，像張愛玲所寫小說〈白玫瑰與紅玫瑰〉中的振保一樣，睡一覺後「改過自新，又變了個好人。」開始奮發有為：到新北市政府開會、到一所高中去跟老師演講、晚上還堅苦卓絕地洗手作羹湯。夜裡，寫了一篇極短篇後，忽然瞥見桌面的 Bejeweled Blitz 遊戲好像跟我眨著眼睛，只差沒招手了。

於是，不自覺地魂魄又被抓了過去：「只玩五局！要有自制力！否則枉為人師。」昨夜的誓言抛諸腦後。打著、打著，分數一直沒有起色，氣啊！眼看一局又一局，「再增加五局吧！今天這麼辛苦，慰勞一下又會怎樣！」十局過去，分數依然故我。「我太緊張了！不要自設局數，放輕鬆應該有幫助！」仍然在低標成績上，「誰會罵我！我已父母雙亡了！」這樣寬慰自己。繼續下去！

瞥眼看電腦角落的時間，啊！怎會？已經三點。

悔恨交加，唾棄自己不是人！……對鏡刷牙，齜牙咧嘴，忽然失笑起來。我這不是傻瓜是什麼？自毀前程嘛！我幹嘛立誓！立了誓後，無法堅持，徒然變成一個豎仔！不立志就一直是好樣兒一個。

3：30，我含笑入睡。

我被一只鬧鐘給宰制了

最近，設法用意志力克服失眠之神的拘捕，嚴正向安眠藥說「不」！只是夜裡每隔二小時醒來一次，每回都精神奕奕，覺得已然可以起床幹活了。然而，理智告訴我：「這是不夠的，必須再睡個幾小時。」於是，再度設法讓自己潛入夢鄉，經過迴游、閉氣、沉溺、數數兒……迷迷糊糊的，如此一夜持續數回。

睜著紅眼的電子鬧鐘儼然變成我的睡眠導師。

每回醒來第一件事就是望向鐘內的紅字，由數字來決定我該醒或該睡，而不是交由生理的直覺來定奪。

我的夜間生活被一只鬧鐘給宰制了。

不敢像媒體一般對他說三道四

昨晚，電腦遊戲輸給兒子和媳婦後，很不服氣。

分明是十拿九穩的事，卻局局敗北！使得母威難立。

於是，昨夜又勤練不休至深夜二點，安慰自己說：「這叫知恥近乎勇，田單不就是這樣才復國的嗎！」

躺上床上後，為找藉口的愧疚所縛，輾轉反側，又穿上衣服，打開電腦，毅然徹底刪掉電玩遊戲檔案之後，才又安心入睡。

早上打開報紙，看到八卦新聞——藝人丈夫X進良又被媒體拍到背著太太摟著漂亮美妹出入。

我不禁瞿然大驚！喝！此君屢被抓包，卻從不死心且越戰越勇，到底是怎樣的存心？這種病態心情和我屢屢從繁複的網路中設法抓出決心棄絕的電玩遊戲，然後玩到地老天荒，不是同一款式嗎？

因此，雖然我對這種偷腥的人深不以為然，卻又打從內心深處給予同情。他也許也跟我一樣，曾經發誓賭咒，絕不再犯的。奈何無法自我節制，所以，雖知狗仔無處不在，卻仍甘冒大不諱，其中必有某種無法禁絕的快感吧！

所以，我不敢像媒體一般對他說三道四，我只是如鄙視我自己般的瞧不起他！

連環錯與知恥近乎勇

都是皮包惹的禍

話說從頭：表妹送了我一個漂亮的翠綠大包包，亞麻質料的，又環保、又漂亮，我每天揹來揹去，朋友見了，都很喜歡。唯一的缺點，是偌大皮包裡，只有一個簡單的內袋，找東西時，常常像海裡撈針樣，須四下摸索，等到摸到時，公車跑了、手機斷線了、帳單也被別人搶去付了（只有這點好處）。

昨日，女兒實施突擊檢查，發現裡頭亂成一團，實在難以忍受，發願在網路上購買一個多格內包送我，讓我的皮包內的東西各歸其位，不致東倒西歪。

在內包尚未送達前，她先設法幫我整理分類，發現光是原子筆就至少有十餘枝散落各角落。於是，錢歸錢、卡歸卡、化妝品歸化妝品、本子歸本子、零錢歸零錢，原子筆統統沒收，僅餘一支簽名……一切就緒，各有專用小包承受。女兒前來邀功，我則感激涕零。

外子看到零錢包裏零錢實在多，責備我未善加利用，徒增包包重量，讓自己淪為苦行僧。於是，他將零錢倒出，說：「這些讓我來幫忙消化。」

今早，到了研究室，為了減少負荷，自以為聰明地將裝紙鈔及卡片的長方形紅皮夾取出，暫放室內，背著包包跑去課堂。下課後，思前想後，決定去附近的十三香吃碗麵。

大剌剌坐下，吃完麵，抹完嘴，一手伸進包包內，這才發現大勢不妙！沒帶錢包欸！零錢包裡則空空如也。這一驚，真是非同小可！我磨磨蹭蹭挨擠到櫃檯前，紅著臉慚愧告白，然後留下電話號碼及姓名。店裡的收帳先生很體貼，說：「沒關係，得空過來時再付，不必專程跑一趟。」

我如釋重負出門，邊走邊打電話向家人

訴苦兼埋怨，行經Cama現烘烤咖啡店，香味撲鼻，我不假思索，走了進去，掛下正埋怨著的電話，點了杯黑咖啡。當店員正要倒下咖啡豆，我猛然想起根本沒帶錢，一急之下，大聲嚇阻：「不要倒！」聲音之淒厲，不但驚嚇了店員，甚且讓店裡的顧客齊齊大吃一驚。

店員用狐疑的眼睛看向我，我只好老實招供：「我忘了！身上沒帶錢。」雖然這次聲音小小的，但還是被排隊在我後面的好心顧客聽見了，立即接著說：「沒關係啦！讓我請你喝一杯。」我羞愧難當，連走帶跑地奔出門，只留下一句：「謝謝啦！不用了，我得趕著上課去。」

我管這次的凸搥叫「連環錯」；管這個婉拒的行為叫「知恥近乎勇」，回來驕我「夫、女」。他倆面面相覷，說我改寫「知恥近乎勇」的定義。然而，因為面對的是中文博士及作家，所以：「不敢置一辭」。

對著倒出的一袋子瑣碎目瞪口呆

十一月十二日早，學校舉行研究生推甄口試，一直口考至下午一點三十分左右。沒料到花掉如此多的時間，和一群朋友相約在景美T君家小聚。因為久候不至，T

君的電話催促已然透露稍許的不耐。工作結束後，我跳上計程車倉促直奔T君處所。一群人談得開心，不顧主人沒油沒米，堅持留下續攤。T君眼見推擠我們出門無望，一時手忙腳亂，笑稱此乃「12慘案」；幸得賢慧家庭主婦薇薇大姊在廚房內翻箱倒櫃，寡鹽無油的，居然還變出了一桌極為美味的晚餐，一干人便直聊到晚上九點，方才離開。

搭乘社區接駁車到景美捷運站，其他三位朋友轉搭捷運去了，我決定叫輛計程車前往學校轉乘我那輛老舊的摩托車回家。我一向缺乏方向感，車子走了沒多遠，恍若看到羅斯福路，忽然覺得夜既已深，便決定放棄摩托車，臨時改弦易轍，讓司機直接送我回杭州南路家中。

下了車，藉著昏黃的路燈照映，找啊找的，竟怎麼也找不著家裡的鑰匙。家中空無一人，悉數回返台中老家；早晨出門前，還警覺地刻意檢查了鑰匙，如今一大串的鑰匙竟然無端失蹤！實在離奇加三級。不信邪，乾脆蹲在門前，將一只大袋子裡的東西整個倒出在水泥地上，一一檢索，沒有，就是沒有！

我開始施展外子常教我的記憶檢索法。從出門直到回家的過程，循序漸進思索，企圖找出鑰匙的可能去處。終於，發現一線曙光！因為外子開車南下，我騎了摩托車去學校，摩托車的校門感應器和家裡鑰匙結伴同居，我用完感應器後，因車子順勢下滑，為穩住車身，我似乎急忙順手將整串鑰匙丟進車前懸掛的籃內！

終於，像是找到凶手，但也不十分確定。於是，我又叫了車子直奔學校，看見鑰匙躺臥籃內，表情十分安詳。

經過這一折騰，回到家中，堪稱疲累萬分。打開臉書一看，不禁大笑不止。東華的楊翠教授在臉書上寫了篇〈行星的移動（2）迷糊女子的一天〉具道她前一日記錯演講時間，以致必須退掉一票難求的車票，另購自由座自強號從東部北上，因為沒有座位，被迫席地而坐的狼狽樣。裡頭回溯多年前到我家採訪，聽到我屢屢因為忘帶鑰匙到兒子的學校求援，以致只要見到我出現，無須言說，立刻有鑰匙從兒子的班上傳出窗口。她嚴重自我反省，猜測我若知此事一定會譏笑她「說起迷糊，還是讓你贏囉。」

然而，我可不願在她認為我扳回一城之際稍露口風，於是忝不知恥地上去消遣她：「呵呵呵！不用辯解，我確定就迷糊一事，你贏了！你贏了！……我甘拜下風。至少我不曾坐在地上搭自強號。還有，這位文青（指楊翠之子），以後有任何差錯，都不用怪自己，直接找媽媽算帳就對了（遺傳所致）。還有文青的爹（指楊翠之夫魏教授）！辛苦你了！我這位翠妹妹以後還不知道要鬧出多大的亂子，你務必要有心理準備！」

殊不知歷史重演，當她狼狽回到東部的次日，對著電腦自承迷糊更勝於我之際，我正蹲在慘黃路燈掩映的家門口，對著倒出的一袋子瑣碎目瞪口呆。

一世英名毀於一旦啊！

從開學至今，我前所未有的勤勉。因為研究室到上課地點有了點距離，不像先前在同一幢大樓。所以，幾星期來，總是很注意時間的拿捏，有好幾次甚或還沒敲鐘，就先到了教室，讓學生嚇了一跳，以為自己遲到了！

沒料到功虧一簣。今早到校時，聽到鐘聲，以為是下課鐘，於是慢條斯理地給研究室內的盆栽澆水（聽說學校今天停水，還特地用裝汽油的大型寶特瓶從家中帶水出來）。其後覺得應該取出手表戴上，才赫然驚覺剛才的鐘聲原來正是上課鐘響，真嚇得魂飛魄散！

連跑帶跳衝過去，一出電梯門，赫然發現系主任竟端坐在開放式空間等著我，只為親手交遞聘書（幸而我手腳伶俐的從他手中搶過聘書，沒讓他有時間收回）。我急著解釋遲到緣由，他急著說：「沒關係！」（發現別人的失誤有時挺尷尬的）本想跟他說：「你沒關係，我有關係啊！一世英名毀於一旦啊！」然已遲到許久，不宜再為申訴盤桓。

第一次遲到，竟被當場抓包，真是世事難料啊！羞憤交加的狀況下，我慢慢了解一個人為何常一失足就成千古恨了！因為奮勉之時無人知曉，偶一失誤，居然就被發現，這種奇異的不公平，真是讓人灰心透頂呀！會不會有人因此跟桓溫一樣萌生：「既不能流芳百世，乾脆遺臭萬年」的念頭！

楚浮導演的《四百擊》，就寫了一個被冤枉的孩子一路被逼著往歧路上走去的可怕經歷，他是因為同學傳遞的色情雜誌正好落在他的桌上，是絕對冤枉；我拿來做比，明顯引喻失義。

我究竟有何英名可言呢？我的確是遲到了，一點不冤枉啊！可我怎麼感覺冤枉透頂呢！奇怪。

似乎已至危急存亡之秋

今早預訂了十一點的台鐵自強號到苗栗演講，昨晚想將頭髮「賽逗」一番，誰知素常去的美容院早早關了門，無奈之下，草草自己胡亂洗了頭。今早起床，首如飛蓬，亂雲崩塌，簡直無臉見人。於是，趕緊下樓，美髮店老闆娘竟然整夜未歸。於是，我整理好包包，騎上摩托車，滿街找美容院。

第一家，一位顧客剛剛沖了水，一時半刻無法結束，不行！第二家，店裡沒有顧客，我見獵心喜，把摩托車停好，老闆娘閒閒走出門來說：「有人預約哦！馬上就來了。你能等嗎？」不能！時間只剩半小時。我又騎上車，東轉西轉，想到信義路上的

H2O，結果鐵門開了一半，裡頭的小弟伸出頭說：「十一點才開始。」就這樣，明明平時散步時常常看到的美容院，一時間，卻都不知藏身何處。

在路上騎車穿梭，不知該往左還是往右（左右為難啊），終於決定放棄「賽逗」。

「他們來聽我演講，又不是來參觀我的頭髮。」我安慰自己。就在這時，又瞥見一間美容院。

「最後一間了！沒有『賽逗』，應該不至於被扣演講費吧。」

我進到店裡，老闆娘正為一位男人吹頭髮，已然完成三分之二，當老闆聽說我趕火車，立刻用急驚風的語氣說：「給我三分鐘。」然後，我發現吹風機的電力瞬間加強，男人前方的頭髮整個飛舞了起來，二分半後，吹風結束，花半分鐘噴髮膠，男人的頭和臉一下子陷入白濛濛的霧中，結束。

不用洗頭的我，被押入洗髮槽內沖水打濕，頭髮撈出後，老闆娘用強而有力的左手將我推至鏡前坐下；用右手拉過置放髮梳剪刀等的架子，再取過吹風機強力放送。

手上的梳子，因為緊急，一梳，掉到地上，不理；再拿一支，梳兩下，又掉到地上；再取一支，……總共掉下三支，她就任由它們掉到地上，不予理會。十分鐘後，完成。我遞過錢，她將手中的吹風機直接甩到地上，跑到櫃檯找零錢。情況危急，似乎已至危急存亡之秋。

公車停靠區

我出門，騎上機車狂飆。回到家樓下，停下車，沒敢上樓，直接換搭計程車，趕至火車站，取車票、下月台、衝上車、腳剛在車上收攏，火車已然徐徐開動。

賓果！

我又闖禍了！

昨晚沒睡好，三點入睡，翻來覆去，一直調整姿勢，總覺諸般不妥。朦朧中睡去，不料凌晨五點多鐘便清醒過來，決定死了再睡之心。

很少如此早起，到附近早市走走。買了兩支白胖筍子，兩百元黑毛豬肉並澎湖長絲瓜一支、莧菜、空心菜各一把，豆皮數張。臨回家前，還賢慧且貼心地為外子、女兒及自己買了早餐——燒餅油條、燒餅夾蛋、炒麵各一份，外帶豆漿一杯。

回家把筍殼剝了，取鍋子熱水；將筍放進冷水鍋中先煮上一回去澀。既然得花點時間，就先吃早餐好了！我下樓又拿了報紙，在客廳邊看邊吃。燒餅正吃完預定的半副時，手機忽然大響。

「找哪一位？」我抬頭看了看鐘，心裡嘀咕著：「誰這麼早打電話來？才八點五分。」「我是陳翠華啦！」「陳翠華？……你有什麼事？」我納悶著。陳翠華是我大學的室友，政治系的，旅居東京郊區數十年，上個星期剛自東京歸來，我們在電話中約了下星期六一起吃早餐敘舊，我以為她改時間來了。

「啊！我們不是約了今天早晨一起吃早餐嗎？」

「今天！」我大吃一驚！不是下星期六？

「是今天啦！我明天就回東京去了。」

我整個人跳了起來，請她稍待，我即刻趕過去。急急催了外子及女兒起床，三人慌慌騎了摩托車往 Comma 咖啡店奔去，幸好就在附近。

道歉了又道歉！為了徵信，還翻出記事簿證明，原來老花眼，沒戴眼鏡亂填，填錯行，變成晚了一星期。

兩家人相談甚歡，差點兒忘了時間。直到十點多方才依依不捨告別，訂下「東京見」之約。

推開家裡大門，撲鼻一陣焦味。女兒急忙奔去廚房，爐火仍旺，兩支筍子已成焦炭，鍋子焦黑，屋子一片白茫茫，外子的臉瞬間變得比鍋子還黑，我的臉則比爐火還紅，女兒的臉看去一片白茫茫。

天啊！怎會這樣！我又闖禍了！

虛驚一場之後

差點兒燒掉房子，經歷早上虛驚一場後，我們隨即往東區奔去，跟兒子、兒子的女友及姪兒餐敘。選定星光三越A4館的「鳥窩窩私房菜」，是因為上回瑜雯領著一行五人一起去，吃得很滿意。

兒子及其女友、姪兒坐對面，我越看越歡喜。怎麼孩子個個長得那麼好！兒子帥得差點兒掉渣自不在話下（呵呵！吹吹牛不犯法吧）；姪兒也英挺俊俏，兒子的女友一雙劍眉加上大眼，幾乎可以當場抓去當演員！回眼坐在旁邊的女兒，也像星星一樣的可愛。

當然，兒女總是自己的好，我的眼光也做不得準。

兒子上高中時，我怎麼看，他都是人中之龍，一回，夜歸經過南陽街，突然湧出大批莘莘學子。我心裡不禁大吃一驚，怎麼個個都像吾家小子！身材高挑、短髮中分、白衣黑褲，不時抬手撥弄掉落額前的頭髮，原來帥的不止吾家小兒，別人的孩子是一般英俊瀟灑。

是不是近年來豐衣足食之故，孩子越長越好，身材高挑健美，態度落落大方，真不是當年儉澀的我們可以比擬的，真真羨煞人也！

怎會這樣？

哎呀！怎麼都打不開？

我的手有選擇性的愚笨。

開車、寫字、敲打鍵盤、做飯……都難不倒我，唯獨一件事怎麼也學不會——開蓋子。不管什麼東西，一旦需要打開，無論用撕的、拉的、敲的、旋的，我就是無法勝任。

開罐頭是家庭主婦常做的事，我不會使用開罐器，如果是拉環類罐頭蓋，不論是鋁製（魚罐頭）或塑膠製（金蘭醬油），一定會中道崩殂，鋁環、塑膠環被平空拔起，蓋子卻依然安穩如故。

藥瓶子也拿它沒辦法，女兒教我得先下壓再旋開，可是，瓶蓋就是不聽我的話，我也拿它沒辦法。

裝餅乾的塑膠袋也是一樣，外子說不要慌！必須先找到缺口再撕開，可我就是找不到所謂的缺口，撕得咬牙切齒的，像一頭母獅，只好放棄。

小瓶盒裝牛奶是我所認識的最頑固的東西，對稱的摺狀瓶口，聽說可以拉出一個可以倒出奶來的小嘴巴，可是，它們不聽我的，寧死不屈，我連刀子都使出，像鑽木取火般想戳出個洞來再拉開，也是不可得，通常以奶花四濺作結。

咖啡店的外帶咖啡更是。取開紙蓋，下方還有一層塑膠封住，常在演講的中場休息時間，齜牙咧嘴用吸管戳，戳到聽眾驚聲四起，衣服都噴上了色才作罷。

連最簡單的礦泉水，我都束手無策，瓶蓋怎麼使力就是旋不開。

外子老說：「你這是懶的託辭，反正說不會，別人就會代勞。」

哼！男人不就事論事，討論瓶蓋製作之不適切或不方便，卻喜歡在太太頭上安上莫須有的罪名！現代女性能自力救濟，誰稀罕有人幫忙！予豈好「笨」哉？余不得已也。

哪有「蝶」這樣！

腳下的那隻蝴蝶，不知何時又飛走了！
第一次偷偷溜掉的第七天
被我從車子的腳踏墊上尋獲抓回
一氣之下

外子用強力膠將她固定在原本該待的地方
這次
她又頑固地不辭而別
到底對我有什麼不滿，也不肯明說
哪有「蝶」這樣！
現在該怎麼辦？
順勢放掉另一隻蝶？
還是乾脆丟掉兩隻鞋？

敢係金也？

我真是個厚臉皮的人，這事雖然早就有所警覺，但終歸不似今日之確認。

中午，在去建國中學演講前，外頭忽然鑼鼓喧天，媽祖、七爺、八爺都出來遊街，連八家將也來湊熱鬧，我邊從四樓往下攝影，邊告訴外子：「好兆頭！人神一起出來恭請我去演講，演講一定成功！」外子冷冷對應：「想太多！今天是媽祖生。」

我對演講成功的定義很寬鬆，這是厚臉皮者的通病。只要沒人打瞌睡、笑聲盈耳、提問熱烈、賓主盡歡，我都視作成功。

以前母親在世時，每回演講回來，她都要踱過來問我聽眾反應如何？我為討她歡心，總把場面之熱絡、掌聲之持續不歇，要求簽名者大排長龍加油添醋一番。母親過世了，沒人肯再問我。可我積習難改，膨風依舊，既有臉友近數千，當然援例添枝加葉主動告知各位。

今天的說詞如後，我姑妄言之，你們就姑妄聽之：

「本來教務主任告訴我只講到四點半的，到四點半時，同學同聲高呼：『別理主任！反正他不在，請繼續講。』你們覺得這樣的演講成功嗎？」

「演講結束前回到會場的教務主任送我出校門時，大加讚美，我謙稱學生素質好、教養佳；他說並非所有演講，學生都如今日之乖巧，還奉送一個被氣得休養生息一年還無法痊癒的演講者範例（很有道德感的未透漏姓名）。一旁作陪的國文老師還加一句：『我們主任常聽演講，閱人無數，他說好就一定是好。』兩人異口同聲：『下回希望還有機會請廖教授來。』你們覺得這樣的演講成功嗎？」

「等二〇四公車回家時，遇到另一位聽講的國文老師，她看到我後，歡喜的迎上前來告訴我：『你的演講句句打動我的心。』你們覺得這樣的演講成功嗎？」

嘿嘿嘿！你們是不是會跟我母親一樣問我：「敢係金也？」

電腦上打著、打著，外子高呼：「吃飯囉！」我慢吞吞過去，說：「我怎麼一點都不覺得餓！」外子抬眼睨著我問：「你敢是掌聲吃多啦？」

為了肩挑世界

我總是在培養勇氣

早上看了一部早期福斯公司拍攝的電影《君子協定》，由葛理葛萊畢克主演，是好萊塢出品的第一部批判種族歧視問題的社會寫實電影。據聞上演時曾在當時的美國社會引起轟動。

一名作家為了寫作一篇有關反猶太主義的報導文章，不惜假扮猶太人以取得親身體驗。裡頭強烈揭示「坐而言不如起而行」的概念。理論或道德的取得不難，難在篤行。社會上諸多不公不義的事，當下你是否有足夠的道德勇氣批判或仗義直言？

親身體驗果然不同於所謂的「感同身受」。主角的女友儘管也跟主角一樣，同情猶太人，也討厭反猶太主義者，但只是隨口說說而已，遇到有人隨口拿猶太人開玩笑或欺負猶太小孩，雖然生氣，卻只是默不吭聲，沒有勇氣出言駁斥或加以譴責，坐令不義者橫行，這樣的行為形同共犯，是社會上大多數人的縮影。

主角將親身經驗寫出，用文字啟蒙多數的偏見，希望大家能感同身受。主角的母親期許他「肩挑世界」，而主角真不負所望。裡頭有一段這位可敬的母親令人動容的言論。她看了主角寫作的寫實報導後，十分欣慰，說：「忽然好想活得長長久久，想看看這個世間，因為現在世界很熱鬧。說不定這是個激動的世紀，從未來的世紀來看，一定感到吃驚。那時，美國和蘇聯都沒有原子彈。太棒了！是大家的世紀，世界上的人可以自由的一起生活。只要看到開始，我就滿足了。」

是的，只要開始。難就難在開始。這些年來，我總是為這樣的想法一直在培養勇氣。慚愧的是，偶而做到了，更常常膽怯地沒有能夠實踐或託言沒時間而束手。

小事如：插隊的人，你敢請他照規矩排隊嗎？看到老人在車上顫巍巍東搖西晃卻仍踞坐博愛座的人，你會請他站起來讓座嗎？公車司機橫衝直撞或對弱勢乘客張牙舞爪時，你會出言勸阻或幫乘客討公道嗎？鄰居辦喪事，大聲公日夜勤奏哀樂干擾四鄰，你會設法請他們放低聲量嗎？後面巷子裡孩子常常哭聲震天，你會想辦法報警處理嗎？

大事如：國光石化該不該建？學校該教性別教育到怎樣的程度？一綱一本或一綱多本的教材有何差別？各項建設是不是該弭平城鄉差距？……我們有足夠的關心或曾設法了解嗎？

為了看到更美好的未來，我總是在培養勇氣，希望像主角一樣，為了「肩挑世界」，走得很慢、很慢，四處張望並期待勇敢實踐。

放棄一把傘

雨，斷斷續續的下。

出門時，沒帶傘；7-11買一支，一九九元。

在街市的轉角，喝了杯咖啡。走時，沒下雨，竟把新買的傘遺落店裡。

忽然想到久遠前的另一把傘。

我同樣在店內憑窗坐著，眼睜睜看著一位老先生就從我眼下順手抄走置放窗外筒內的我的傘。我急急追出索回，老先生意外的鎮靜反問我：「你如何證明這把是你的傘而不是我的？」

一時駭異莫名，我幾乎口吃地說：「是我放的，當然是我的……何況，我看見你從那邊直直走過來，又不是這店裡的客人。」

他不理，仍堅持讓我拿出證據。

我去哪裡拿證據呀！誰會在傘上刻名字？即使做了任何符號，依他的理「屈」氣壯，也可能反問我：「你如何證明這符號是你做下的？」

「不過是一把傘罷了！」我訕訕然離開，像追求精神上勝利的阿Q般安慰自己：「何況他那麼老！就當是敬老吧。」我被迫放棄一把傘。

而今天，我的新傘就遺落在那家咖啡店裡，我一時決定不下要不要回頭去尋它。我怕屆時又有人問我：

「你如何證明這把是你的傘而不是我的？」

幾年過去了，我依然還沒想好如何提出有效證據。

暴衝的失控

停車技術

出門回來，正滿頭大汗設法停車在家裡附近的巷道牆邊。一位高頭大馬的大哥級人物，扠著雙手在一旁觀看，看著、看著，直走到我的窗口邊。我搖下窗子問他：「有事嗎？」

「哼！有事嗎？」他用鼻孔發音，複述我的話。接著說：「你的開車技術怎麼這麼爛！」

「我的技術好不好，干你什麼事！」我不服氣地嗆聲。

「怎麼不干我的事！你的車常常撞到我的車，你車上的紅漆還留在我的白色賓士上哪！我都沒找你賠。」他指著另一邊牆旁的舊舊賓士，恨恨地說。

我沒印象曾撞過賓士車，但開車三十餘年，也沒把握從沒意外發生，也許小擦撞在所難免。這種事，否認或承認都不對，何況還見他的右手臂上隱約刺了條偉岸的青龍。

人單勢薄，我不敢跟他硬拚，只訕訕然說：「不會是『常常』吧！頂多一、兩次吧，那樣應該不算是常常吧？……一兩次算是常常嗎？」

那位大哥顯然被我的問話搞得啼笑皆非！不知如何回答，只悻悻然交代：「要多練習、練習啦！」然後，像個寬宏大量的大哥般，走人。

這回停車，我非常謹慎地避過堅硬的牆壁和前後兩輛車子，總計花了十五分鐘。

我忽然失控了！

住家附近的華光國宅巷道內，通常可以免費停車。因為勒令拆遷在即，大部分的住戶都遷走了，只剩了幾戶人家。

已經有許多次，停車時，總有一位運匠先生，老喜歡過來說三道四。要嘛就責備我的車子撞上他的私家賓士，還在他的車子上留下紅漆；要嘛就說我上回停車妨害到別人（好抽象的說法）；要嘛就在遠遠的地方伸長脖子監督，嘟囔著聽不清的怨言，讓人感覺十分不「蘇福」。

上回說我的車子在他車上留漆，我懾於他胳臂上一條蜿蜒的刺青長龍，虛與委蛇一番，結果他食髓知味，步步進逼，越來越囂張。

有一回還誣賴我的車子某天停在不適當處，我不由分說道歉，回家查行事簿，發現那整個禮拜我連人帶車都不在台北，害我生了幾天悶氣。

雖然百般守法，卻只要一停車，就有個人鬼頭鬼腦監督著，實在很不是滋味，今天終於一股腦爆發開來。

本來準備進屋的他，看到我的車子出現，又站出來監看，並開口說著些什麼。我氣極了！打開車窗遙問：「你又要幹什麼！請問你對我有什麼不滿意的？」

他說：「你的車子不能停那裡！」

「為什麼？」

「因為有時候貨車會進來，我的車就開不出去。」

「為什麼貨車要進來？為什麼你不阻止貨車進來？為什麼你不從另一邊大大的路出去？非要從這裡出去？為什麼我後面這一台車可以停，我不能停！你憑什麼管我！」

「因為我是義交。」

「義交了不起？」

「因為我住這附近。」

「我也住附近。」住附近也能成為教訓人的理由？

「你住幾號？」

「你管我！不是住這裡就可以占地為王，要講道理。沒有畫紅線，沒有妨礙交通，你就不能管我，管你是警察還是義交！台北停車不容易，大家都互相體貼，你就不能不要這樣成天找碴嗎？」

「上回，你撞了我的車，紅漆還留在我的車子上。」

「天啊！這件事你還要提幾次？紅漆留在你車上，還不知是你撞我還是我撞你哪！」

「我還照了相，只差沒去舉發你哪！」

「我真心希望你有證據就去舉發，別每次囉哩囉嗦的，但請提出有力的證據。不過，我真是好奇，你幹嘛成天監視我、干涉我，我到底怎樣惹你啦！」

「我只是告訴你這裡不能停車！」

「這裡不能停，那裡不能停，規則你訂的，交通部訂的不算數？你這路霸，請不要再管我！你這叫欺善怕惡！欺負女人！別的車子停在你家門口你都不敢說話，柿子專挑軟的吃！」我大聲跟他說。

說著說著，我越來越氣，忽然勇猛起來，拉開車門衝過去，指著他的鼻子說：「請你！不要！再、說、我！再、指、導、我！請你管好你自己就好！別以為手臂上刺了一條龍就可以出來嚇人！我屬虎，龍虎鬥，我跟你拚了！」像潑婦罵街一樣，我忽然失控了！

罵完，我頭也不回走了！心裡感到無比的暢快。（請勿模仿！兒童尤其不宜！）經過這一宣洩，我這才知道為什麼有人會不顧形象的在大街上開罵！人的忍耐真的是有其限度啊！

台北居，引人瘋狂。

可惡的導航系統

今天下午和外子女兒相偕開車去板橋和平路買 NESPRESSO 專用義式濃縮咖啡，行前，先在導航器上輸入正確地址。

因為常去板橋新北市政府開會，於是，先前不假思索便往艋舺大道前行，走到快到中國時報大樓時，忽然強烈覺得對不起那個聲嘶力竭一直隨著我的行車路線高喊：「重新計算」的導航器。既然不聽她的，幹嘛讓她一路白忙。於是，臨時決定乖乖追隨她的指示，隨即轉入萬大路。然後，便一步踏入萬劫不復。她指使我們走了落落長的路，忽焉上了三號公路；然後說還有六十三公里，嚇得我們三人差點兒摔出車外。

出門時，3：05，系統上預告將於 4：50 抵達目的地。天啊！怎會這樣！那樣的時間，足夠開去台中了！於是，趕緊從土城交流道下去，到達時 4：05，花了整整一個鐘頭。回家；不再使用導航，由和平路轉四川路縣民大道，上華翠大橋，走艋舺大道轉愛國東路回家，才花了二十三分鐘。

可惡的導航系統！她是怎樣？以戲弄人類為樂？還是報復先前我都不聽她的，讓她不停的「重新計算」，白忙一場！

不停在車後閃燈的司機

在台中清水國中演講過後，下午三點半，我們開車北上。

午後的一場驟雨，將台中的路樹刷洗得翠綠欲滴。一路上，我和外子討論著前天和兒女們在MOD上觀看的電影——阿莫多瓦的驚悚劇《切膚欲謀》。

說著、說著，感覺外

子忽然有些心不在焉起來，頻頻望向他右前方的後照鏡。

「怎麼啦？」我問。

「可惡！時速已經達到極限的一百一十公里了，還不停在我後面閃燈，到底要我怎樣！」

我們的車子行走在中間車道，外側車道一輛接一輛，左側車道是快速道，這個貨車司機忒沒耐心。外側車道擠不進去，快速道大卡車不得行駛，他拚命向著外子閃燈，就是希望外子閃到快速道上，讓他長驅直入。

「別理他！我們按照規矩來，別超速被照相罰錢。」我決定力挺先生做個守法的公民。

想是燈光閃得外子失去理性了，不可思議的，我聽到外子忽然說：「真想在車後裝個飛彈，將他掃射下去。」（外子原來的行業就是製作飛彈的。）

我張口結舌，說不出話來。一向溫文，且常被我譏嘲過度禮讓的他，忽然脫下文明的外衣，露出野蠻的內裡來。我猜測，除了那位司機真的讓人緊張又討厭外，阿莫多瓦那部殘酷的電影也許也正是禍首之一。

那輛貨車終於伺機閃進外側一個極其驚險的縫隙，左彎右拐的揚長而去。我忽然想起許多年前，當我還在中壢的中正理工教書時的事。

那天，約莫中午時分，我載了幾個同樣任教該校的女老師回台北。一路上，同樣有一輛大卡車在我的車後蛇行，不停的對我閃燈，有時還追過來跟我並排行車，嘴裡大聲說著什麼，甚至比手畫腳。

車內的女老師們跟我都嚇壞了！沒料到世道如此不堪，竟然有人敢公然在高速公路上調戲一群女性。車子尾隨不去，我們從交流道下去，經過火車站前，直達中山北路時，遇到紅燈停下，那司機居然打開車門，穿著拖鞋，大剌剌走到我的車旁。女老師們七嘴八舌要我絕不能開窗。他用力拍打我的窗子，嘴裡嘟嘟囔囔，我大膽打開一個小隙縫，那位仁兄邊嚼檳榔邊對著我說：

「小姐！你開車很亂來哦！變換車道都不打方向燈，這樣很危險，你知道嗎！」

我囁嚅辯稱：「哪有！我都有打哩！」

那位大哥退到我的車子後方，大聲說：「我就知道！那一定是方向燈壞了！喏！你打右邊看看！……現在，打左邊的。你看！我說的沒錯吧！你的方向燈全壞了，沒出車禍算你走運！要記得趕快去修理哦。」

說完，他慢條斯理走回他的車子，拉開車門鑽進去，技巧地繞過我發呆的車子，走人，留下一整車自認被追逐的美少婦目瞪口呆。

荒謬與溫柔

奇怪的水電工

浴室漏水越發嚴重，兵荒馬亂的期末，也只好進行整修抓漏。一進門，水電行老闆一眼瞧見客廳滿壁書櫃，睨著眼懶懶問：「教育界的？」正看報的我，抬頭回應說是。

老闆義正辭嚴說：「有叫他們看《靜思語錄》嗎？」我再度抬頭笑笑，沒搭腔。老闆開始數落如今的年輕人如何品德不端，如何需要教育，相較我們這個年代的人有多墮落……。然後，又指導我要教學生什麼！譬如，他說：「這種落雨天，還拿傘騎車，毋驚死才安捏！這著要假伊教好。知否？」

我不知如何回答，默默低下頭，繼續看報。他滔滔不絕，因為實在太嘮叨，我本來想跟他溝通：「教書的事就交給我吧！汝的專業是抓漏修補，麥佇這臭彈。」終究不好意思說出口。他約莫覺得無趣，轉頭找外子繼續埋怨，外子有一搭沒一搭的。

終於，他說累了，決定開始工作。我們正鬆了口氣，哪知一個又一個的使命陸續被發派下來：「你家有勞賴罵麼？」才拿出起子，「你家的皮尺借一下！」還沒坐定，又有聲音傳來：「手電筒呢？借一下，我的手電筒沒電了。」又過不了一會兒：「恁有梯否？」然後：「電風借一下。」接著，跟我們拿了一整包衛生紙，每一個動作，都不厭其詳細說緣由。然後以一句：「安捏，汝有了解否？」作結。

我納悶一個水電工，最基本的配備都沒帶，還拿我們充當小弟使喚來、使喚去，他好整以暇的，卻搞得我們團團轉，到底誰才是水電工。這未免太奇怪了吧！這樣的人，還敢成天埋怨年輕人不懂事、沒教養！

臨走，他居然還不忘再次叮嚀我：「要教少年郎看《靜思語錄》！汝有了解否？」

我望著他的背影，很豎仔地小聲說：「汝自己先看吧！汝才正經有需要。」

瞬間紅了的臉

打電話給兒子，話機裡居然有人告訴我：「因為欠繳電話費，本電話已被停止發話。」

我回頭跟外子說：「瞧你兒子！居然忘繳電話費，搞到被停話，真不像話！我就知道，遲早會有這麼一天。」

外子沒搭腔！我神經質地猜測，他心裡的ＯＳ是：「還不是遺傳你這種迷糊老媽的！」

十分鐘後，我反覆思索，覺得有些不對勁兒。剛剛電話裡指的好像是我正打著的這支手機。

怎麼可能！像我這樣奉公守法的良民。然而，經過一番仔細盤查，居然證實真是我的手機扣繳存款不足。

天啊！這是怎麼一回事！我怎麼會搞出這種不負責任的小孩子才會鬧出的烏龍事件！經過層層抽絲剝繭，終於找到元凶，原來某人（就不說是誰了）在年前因為急用，不小心將存款提光。

於是，徒步去手機公司補繳費用。

服務小姐笑容極燦爛，又禮貌又親切。繳款完畢，給我深深一鞠躬。正要轉身出門，小姐追來一句：「我們公司會有人打電話給你，問我的服務態度如何。請你務必幫我說說好話哦！說我服務周到、態度優良。拜託囉！這對我而言很重要的。」又深深一鞠躬。

「我會的，你的服務態度真的沒話說！」我答應後又補了一句：「不但如此，我還會告訴他：你的笑容好漂亮。」服務小姐的臉瞬間紅了起來，更美了。

這尼緊（這麼快）就接了！

在杭州路口等公車，驀然耳際傳來唱著哀怨台語歌曲的女聲。

我左顧右盼，發現聲音來自一位看似年近八旬的歐巴桑的袋子。

她右手拿公車票，左手打傘，慢條斯理的調整手裡的東西：先將公車票塞到打傘的手縫，然後，拉開皮包上方拉鍊，慢慢再摸進包包裡探索。

拉開前袋，沒有，拉上拉鍊；換拉開左袋，沒有，再拉上拉鍊……女聲進入淒厲的副歌，我真替她著急啊！但她不急，一隻手再往皮包底端探去。

我真是急了！怕對方不耐久候掛了，也許有重要的事哪！我想挨過去幫忙她找，或是幫她打傘也行，好讓她雙手並用。但她一副神清氣爽、好整以暇模樣，只好由她。

找啊找的，終於從外袋裡抓出號叫著的手機。

「趕快按鈕接聽啊！」我差點兒朝她喊。但她還是不急，慢慢轉過手機面板，先瞇著眼看來電顯示吧？我氣了！還不快打開，拜託哦！求求你。

手機終於接通，對方好修養，我聽到裡面傳出愉悅的聲音：「媽！是我啦！阿美阿啦！汝正經好厲害！這尼緊（這麼快）就接了。著安捏，以後安捏就對了。……」

站牌外，小雨下著，我的眼眶無端紅了。

變成蠟筆小新

跑去補紋眉

本以為今午在建中的演講是舊曆年前最後一次公開露面，所以，跑去補紋眉，打算其後至二月的時間內，窩居休養生息。沒料到，紋眉回來後，發現鏡中出現蠟筆小新一枚。

無意中翻開記事簿，赫然發現後天還得去市政府開會。哇咧！只好學權貴子弟，無論陰晴，一律戴上太陽眼鏡！

友人慫恿我PO圖證明，我躲都來不及，前些日子傻妹頭，傻歸傻，還有幾分有趣；蠟筆小新眉則實在難以示人，照片一露面，威信盡失啊！

紋眉一事讓我警醒不能依賴記憶。今日去建國中學，乍見凌性傑老師，先無論演講正事，請他記得會後提醒我：「不要直接回家」他吶吶稱是，逕自記在本子上，約莫不好意思探底。

其實，年底就預謀補紋眉，時間已訂，卻全然忘光，放商家鴿子，從聯合線上網座談後，直接奔回台中老家。直到元旦過後，才猛然想起。百密卻總是千疏啊我！

更糗的是，蠟筆小新和丈夫在夜色掩護下進了十三香麵館，竟然抬頭就看見其楣姊和幾位台南大學戲劇系教授端坐其間。

幸好是戲劇系見過場面的人，應該看慣了各種稀奇古怪的造型，沒露出太驚奇的表情。

倒是我感覺不自在，把傻瓜妹的瀏海一直往前撥著遮。心想：「天下之大竟無『倒眉』容身之處！」其楣老師的名字此時彷彿就暗示著她們：「看她的眉！看她的眉！」啊！

不過，其楣老師真不愧慈惠良師，一直說：「好看！好看！」看她笑得彎彎的眉，我斷定這全然是安慰之辭啊！

蠟筆小新的眉毛遇到見多識廣的小男生

淪落為蠟筆小新的我，被迫光天化日下抱著嚴重當機的電腦去維修。

老闆不在，平頭國一男孩看店，說父親一會兒回來。兩人對坐，我忽然想起我臉上那兩道尚未回歸自然的大濃眉，簡直羞愧到無以復加。

「小弟！你有沒有覺得我的臉上有什麼奇怪的地方？」我打算主動出擊，破除誤會。

「沒有。」他言簡意賅。

「沒關係！不用客氣，直說無妨。」我懷疑他沒說實話，把自己挪到亮一點的地方，抬高臉。

「沒有啊！」他看了一眼，堅持。

「你沒有覺得我的眉毛很詭異？」

「不會啊！不是有很多女人都畫這樣的眉毛嗎？」他輕描淡寫不以為意。

「可是……」我想告訴她：「可是我不是習慣畫那樣的眉毛的女人啊！我是因為繡眉還沒恢復，過幾天……」

可是……可是，我幹嘛跟一個十三歲見多識廣的小男生解釋這些，他也沒打算追求我。

店裡來了個怪婆婆！

資深女人和老闆的國一兒子老是沉默對坐，我覺得有義務主動打破沉默。

於是，我翻箱倒櫃地出題讓他作答。「幾歲了？」「念哪個學校？」「喜歡哪一科？」

問到「功課如何？」時，他說「還不錯！」我追問：「第幾名？」「還沒發表成績。」「那平常考試約莫幾名？」他被迫表態，靦腆回答：「大概都在十五名以內。」停一剎那，又心虛補充說明，怕我真的去核實：「最近好像退步了一些。」

我繼續逼問：「為什麼退步？有沒有想一想！」哇咧！他心裡一定嘀咕：「你是誰啊！干你屁事！」但他沒這樣說，低下頭微笑。我幫他作答：「不是你退步，是因為同學都進步太快，所以，不能怪你。對不？」他睜大眼睛，真假莫辨地讚嘆：「你好聰明哦！」這下輪到我傻眼。

挨罵記

下午，到第二公保大樓去幫女兒取超音波檔案及病歷報告。我帶上女兒留下的健保卡，臨出門，想想不放心，先打個電話確認須帶什麼證件才能代她申請。超音波室的一位小姐很客氣的說：「當事人的健保卡及雙方的身分證，若沒有身分證，戶口名簿也是可以的。總之，能證明你們關係的證件就行了。」

女兒的身分證隨身帶走了，我找到一張影印本，為求安全，我帶上戶口名簿，覺得自己睿智無比。

八樓負責超音波檔案的小姐，親切跟我說明先去樓下繳費，她們在收到繳費單後開始製作，約莫要等候半小時，簡單明瞭，讓人感覺很自在。

接下來的病歷表申請遇到兇神惡煞，讓我差點兒氣瘋了。

話說下到B1，病歷室門外一張小桌上，放了一些待填單子，因為沒戴老花眼鏡，我努力填完後，進去。一位小姐面無表情地伸手接過，「掛號了嗎？」「沒有。」「先去掛號。」我急忙遵旨出去，原來我填的是初診資料，掛號的先生告訴我。

我又跑回來，說不是要看診，是要申請病歷。那位小姐心情顯然很差，急切需要宣洩，立刻大聲斥責我：「不看病，你幹嘛填這張單子！」「抱歉！我沒看清楚，它就放在門口，我以為進來就需要填它。」我小心翼翼地賠罪。她不饒我！繼續窮追猛打：「上面寫的字，你是怎樣！沒看見？」「我沒戴眼鏡，不好意思，沒看清楚。」我依然陪小心。

接著：「證件！」我急忙雙手奉上女兒的健保卡、身分證影印本及我的身分證。「委託書呢？」「抱歉！我先打電話來確認，八樓的小姐沒說要委託書。」她忽然勃然大怒：「八樓小姐，是哪一個！姓什麼！盡給我們找麻煩。你說：她姓什麼？」我怎麼知道她姓什麼！我有點兒不高興了。你們一國兩制，我還得幫你找凶手？她隨即丟了一張委託書給我填，然後說：「身分證要正本，不能是影印本。」我急急掏出戶口名簿正本。她睨了一眼：「不行！戶口名簿只適用於沒有身分證的小孩，成人一定要身分證正本。」口氣依然老大得不得了。

這下我真的生氣了！為她的口氣跟態度。我必須承認，年齡大的人，忍耐真的有限度，沒辦法在一再陪小心的狀況下，還要被挑剔及訓話。我當老師，連訓斥學生都挑時間、找地點，注意口氣，而且百年才一見，現在居然大庭廣眾下無端被當小孩痛罵。

怒火中燒下，我忍不住氣得大聲起來：「現在是怎樣！你們這裡是衙門嗎！還是官府！你這是什麼態度！證件上要照片有照片，要關係有關係，為何戶口名簿不行？你跟我說個道理！……小孩跟成人的差別在哪裡，不都是我的女兒！你現在需要我再證明什麼！這是什麼年代了，還有你這種服務態度！」奇怪的是，那人忽然氣息變得微弱：「那你到外頭去等。」

我是真的生氣了！我找到申訴中心去告狀。現在想起來有一點孩子氣，但是當時實在按捺不住中燒的怒火！那裡的主管不住地道歉，不停地解釋：「是因為現在保險公司理賠糾紛多……我們得注重個人隱私……」她們就是不明白，我氣的是：我已百般求饒，她不應該在大庭廣眾下像罵孩子一樣罵我，我眼看就已經可以當阿嬤的人了呀！她真的好壞。

十之八九的不如意事

人生不如意事，果然十之八九

在最緊急的時候，印表機居然宣告罷工！

在最需要讓眼睛休息時，學生的論文及時送到，而且須刻不容緩的閱讀。

醫生警告最該讓頸椎休息的現在，我還在電腦前展開修改學生論文的大工程，否則他將趕不上論文發表。

最討厭扳臉孔教訓人的時候，偏偏網上有奇人不斷咄咄逼人挑釁，似蒙奇冤大恨。

最需要丈夫兒女溫言鼓勵的此刻，外子卻鼾聲雷動，不省人事；兒子女兒則遠在台北，緩不濟急。

人生不如意事，果然十之八九。

另外的十之一二，慶幸還能掙扎著敲下這些不如意的字句洩恨。

我今晚不寫稿

鳳飛飛走了！代表一個純樸無華年代的消逝。

念大學的後期，我在幼獅打工賺學費，常常到印刷廠趕著校對付印。

印刷廠裡，機器聲音大，但在吵雜的環境中，耳邊總有鳳飛飛的歌聲穿越單調的機器嘎嘎聲響前來，陪伴了工人，也撫慰了我這從遠方北上的遊子。

夜裡，住在延平南路底、女生雲集的民間宿舍裡，同儕的收音機裡播送的也一逕是鳳飛飛的聲音。我穿著睡衣、跟著鳳飛飛在窄小擁擠的宿舍裡哼唱，度過一個又一個寂寞的日子。

我那清寒而窘迫的台北居，日與夜都

跟鳳飛飛的歌聲耳鬢廝磨，那般爽朗純樸的聲音彷彿是我的青春代言，說我的纏綿與青澀，道我的心酸和期望。

從黃昏聽到鳳飛飛逝去的消息，我一想到人生如此無常，便不由痛哭。

外子安慰我：「好了！今天的晚餐我來做，你專心去哭好了。」

吃過晚飯後，原本得寫作《聯合報》的《名人堂》稿子，卻無論如何寫不下去。

我在臉書上逡巡，追隨著所有臉書朋友連結的鳳飛飛歌曲從頭到尾唱一遍，一曲又一曲，一邊唱，一邊拭那停不住的淚。

我決定用一整晚的時間唱她的歌，悼念一位陪伴我成長的巨星的殞落。

外子在書房外提醒我：「不要再唱囉！專欄不是今天截稿嗎？」淚流滿面的我從書桌前轉頭看他，他嚇了一跳吧！安靜的走開。

鳳飛飛死了，我幹嘛得準時繳稿！

到底長不長眼哪？這些人

剛才校方居然寄來「二〇一二年各機關學校將屆退休公教人員長青座談會參加人員調查」的伊媚兒，我看都不看，憤而刪去！搞什麼鬼！對猶且如此年輕的我而言，「長青」

二字真刺眼啊！到底長不長眼哪？這些人。

可就是不掃蚊子！

兄弟姊妹及姪甥共聚潭子老家，給去年年底結婚的兩對新人衷心的祝福。因為人數眾多，大門敞開，他們各自回家後，蚊子嚴重入侵，結果是稍事休息的兒子被叮得滿臉豆花。

我就一直不明白！政府為何不管人民的痛苦，光是掃黃掃黑，可就是不掃蚊子！如果有人提出誓死掃蚊的政見，無論藍綠，我一定投他。

咖啡與失眠的關係

尋索好咖啡以助眠

姪兒嘉寧從美返台，又贈我一部NESPRESSO義式濃縮咖啡機，加上先前也是他送的比利時咖啡壺、另一位姪兒上秦贈送的丹麥Eva Solo的咖啡獨奏壺和自購的SPIDEM Divina時尚酷炫型全自動魔術咖啡機，客廳裡，咖啡壺、咖啡機四面環伺加上各式大小咖啡杯圍繞，各種品牌的咖啡十面埋伏，一時之間，彷彿成了咖啡廳。

失眠的人，卻偏喜和咖啡結緣。親戚朋友學生來訪，也都投我所好，不是拿咖啡當伴手禮，就是帶來佐咖啡的甜點，於是，失眠自失眠，咖啡則照喝不誤。

咖啡與失眠的關係，我一向力主脫鉤，事實也證明關係不大。有時和好友相聚，人來瘋，夜裡九點跟著起鬨，不顧一切喝它兩杯，卻不敵周公召喚的威力；有時明明整天禁喝咖啡，卻仍眼睜睜到天明。

以上是酗咖啡者的答辯。隱地先生則另有更誇張的說法：好的咖啡可以助眠。

你相信嗎？

我是寧可相信他的，所以，到處尋索好咖啡以助眠。

「黃粱夢」與節奏失調的混聲合唱

今晚才徹底理解「黃粱夢」的正解。

我坐在床前，聽著睡覺狂打呼的聲音，確信男人的呼聲絕對可以摧枯拉朽，何況只是將黃粱蒸熟啊！

古人好厲害！一語雙關：用作完一個歷經榮華富貴的夢而黃粱猶未蒸熟來摹寫人生的無常。一則寫夢中的時間和人間不同調——夢中數十年，人間才幾分鐘；而我懷疑另一絕對是要諷刺夢中狂暴曲折外加節奏感十足的打呼力道，絕對有能力蒸熟一鍋黃粱，只可惜沒多給幾分鐘。

以前我們擔任預官考選出題教師，當時設備不甚完善，我們在中正理工學院航空系館內吃喝拉撒，一個大統艙得擠幾條大漢。每吃完晚餐，男士們顧不得形象，紛紛奔回室內休息，希望搶先睡著，先睡先贏，否則只好眼睜睜坐聽別人的鼾聲到天明。

當時鼾聲之凶猛如野獸攻擊，剛開始，我還以為對岸的砲彈不小心轟炸過來，日子久了，簡直像聽節奏失調的混聲合唱，此起彼落，有些還像眼看就要一口氣掛掉的豬口抽搐，還真嚇死人。

去年台北市文學獎奪魁者，寫先生打呼，她如住豬谷，簡直欲逃無路。是我見過的得獎作品中感覺最殘忍的，一個女人怎忍心把自己的先生寫成跟豬一樣！到現在我都還挺不以為然的，偏兩位男士評審青睞得不得了，同性相斥，得到證明，男人對男人完全沒有同情心！只剩落井下石。

心裡偷偷立誓戒掉咖啡

想戒掉咖啡，心裡偷偷立誓。

一整天昏昏沉沉，早上去台大復健——吊脖子，脖子被上下拉扯，一向不易入睡的我，居然在二十分鐘內，做了個小小的夢。

夢裡，頭被機器凌空拔起，直甩到前方的水療槽內，我的眼睛居然看到自己頭顱在其中載浮載沉，我確信是受到〈干將莫邪〉裡掉到鍋爐內恐怖的三顆頭顱的驚嚇後果。

回到家，一點胃口也無，直接倒到床上昏睡。

兩點醒來，吃了一口麵包，推開，全無胃口。

外子殷勤煮來咖啡一杯，我喝了兩小口後，狠心掉頭推拒（啊！可貴的兩口啊！）外子只好仰著脖子喝光了它。

然後，我繼續頭昏昏、腦鈍鈍，一點工作也沒辦法做，明天下午要去高中演講的PPT，一直停留在題目那一頁，心裡想著：乾脆死去算了。

想戒掉咖啡的念頭由來已久，也嘗試過數十回，但都績效不彰，跟我決心戒掉電玩一樣，只徒然證明了我的自制力相當薄弱而已。

然而，總不能就這樣束手就擒啊！頸椎嚴重鈣化卻只是左手小麻，其餘都仍活動自如，醫生說這是奇蹟。台大復健科醫生有意思，他說：醫學經常面臨兩難，到底該看片子治療——去開刀；或看症狀治療——吊脖子。

我怕死，投吊脖子一票。

但鈣化是事實，媳婦上網搜尋，說喝咖啡會促成鈣化，委婉道德勸說。我怕將來萬一癱瘓，給兒女們找麻煩，所以，偷偷立誓。之所以不敢張揚，是對自己的不信任，怕又增添笑話一樁，這跟林語堂戒菸一樣，「戒菸有什麼難！我都戒過無數次了。」我只是把「菸」替換成「咖啡」罷了。

這篇文字打了比平常久了些，兩口咖啡委實一點作用也無啊。

今晚就看你囉！

今日到植物園附近開會，李喬老師也從苗栗趕來。會後邊吃便當邊聊天，同時在座的還有成大台文所的吳玫瑛教授。李老師的臉色雖然有些蒼白卻顯得很有精神，講起話來，鏗鏘有力。尤其談到他目前正在寫作的長篇小說《V ＆身體》時，更是神采奕奕。

寫過大河式的歷史書寫後，李老師開始反思更切身也更私密的身體意義，甚至是人類的邪惡等問題，李老師的粉絲或關心台灣文學的讀者，真要雀躍地拭目以待了。

在說到新作前，李老師說他原本須仰賴安眠藥才能入睡，但安眠藥吃久了，開始引發頭暈。於是，醫生建議他停藥，改用意志力療法，果然就成功了。

居然有克服睡眠問題的良方！自然引發我強烈的興趣。然後，他揭曉謎底：「我每晚十點準時上床，上床前，告訴我的身體：現在輪到你了！我給你八小時的時間，從現在到明早六點，請你自己好好把握，自己做決定。否則，我就不管你了。……欸！身體居然就乖乖聽話了，睡著了。」

當然神奇的事沒有掛保證，偶而也有突槌的時候，李老師補充說明：「躺在床上存心睡覺，即使沒睡著，也沒關係；躺床上兩小時可抵睡著一小時。」

這個概念和醫生跟我說的大相逕庭。我的醫生讓我別老記掛著睡覺，否則會更睡不著。這段培養睡覺的期間，他建議可聽聽輕柔的音樂或閱讀輕鬆的小品文，讓音樂或文學幫助入眠。

這種「躺床上兩小時可抵睡著一小時。」的說法，更是讓我大開「耳」界！

有這等奇事！我雖半信半疑，但也決定今晚一試。上床前，鄭重告訴我的身體：

「嘿！嘿！今晚就看你囉！你不把握時間睡覺可是你自己的事哦。」

要活多久？要變得多年輕？

現代人特別注重養生，傳統補品式微，各色外來營養藥品大宗入侵。葡萄籽、善存、維他命ＡＢＣ……、葉黃素、深海魚油、「偽鼓勵」，五花八門，以前我全然不信。如今，乾眼症出來，眼睛乾澀，聽說葉黃素不錯，象徵性吃它幾顆；手麻了，醫生說，最好補充維他命Ｂ群，也買了盒合利他命Ｆ應景；身體檢查時，發現膽固醇高了些，據說紅麴不錯，朋友也送了一罐。都只維持五分鐘熱度，接著就排隊收入櫥子中。

運動也變成全民活動。朋友見了面，幾乎毫無例外的問：「你有做運動的習慣嗎？」我簡直慚愧欲死，戲稱自己是「全台灣運動量最低的人。」以前在中正理工學院上課，從理學院到工學院不出三百公尺吧，我還開車穿梭往來，實在很不像話。

如今，有了些年紀了，催促運動的朋友忽然大軍壓境似的出現，搞得我走投無路。

大力鼓吹我必須運動的朋友首推錢瑩瑩老師。我們原本素昧平生，她在報上看到我女兒小時候氣喘，立刻循線登門拜訪，怕我以為她是詐騙集團，還出示警察大學教師證，真是用心良苦。

她教授梅門甩手功，我虛與委蛇一番，她倒挺有恆心，天天電話查訪，不得已，只好將她指示的半個鐘頭縮短為十五分鐘，當然結果可知，隔一段時間，查緝漸疏，甩手功也跟著無疾而終。

接著是薇薇夫人。薇薇姊光是站出來，就頗具說服力，年近八十卻貌似五十，神清氣爽，我是真心想效法她的。她說：「我的運動最簡單，每天高舉雙手，繞室走路六十分鐘。」我一向崇尚極簡，覺得主意不錯；回家實作，才知難如登天，上臂高舉不到三分鐘，便痠痛難當，勉強舉個五分鐘，那晚，整個人痛不欲生，輾轉反側，才徹底知曉：美或年輕是一定得付出代價的，而我，可能跟這兩樣都是無緣的。

最狠、最實在的朋友是靜惠姊，

她一再告誡苦勸，我實在拗不過她，反駁：「以前我的老師臺靜農、鄭騫、張敬、王夢鷗等，都沒聽他們做什麼運動，照樣活個八、九十歲。」她恨鐵不成鋼，氣得罵我：「要無，汝歸氣去死死咧卡緊！」

被她激的，我也只好順從指導，進行自救運動。

她說：「類似宗教拜月的動作，一起一跪加上手臂上舉，每天做個半個鐘頭。」初始以為容易，真正付諸行動，又是困難一樁，立刻自行縮減為十分鐘，而「每天」也縮成「每隔幾日」一回。

運動的心情很複雜。運動完畢那日，心情好不輕鬆，覺得大功終於告成；次日，告訴自己，昨天已然做過，今天應該可以休息一日；第三天，開始內疚，自我譴責：「怎麼可以如此縱容自己！」但是毫無行動力；第四天，被良心逼迫，又再度振作起來；若有在外頭走路超過五分鐘，那日也可以直接豁免。第五日，又恢復第二天的心情，……如此周而復始。

結論是，如果維持年輕那麼麻煩，就讓歲月拘捕著走向雞皮鶴髮好了；如果長命百歲得付出那麼嚴重的代價，我看，我就不必活太久好了。

汝著愛想卡開咧啦！

因為和長期失眠抗衡，不肯服輸，所以，並沒有在固定的診所取藥，醫生老直接問我希望他開什麼藥。在更早以前，甚至是好朋友將自己多餘的用藥宅配給我應急。雖然知道這樣的做法很低級、很野蠻、很沒有常識，但就是不肯被「失眠」制約，老想著不那麼忙時，就應該可以擺脫它的糾纏。

前一陣子，一位文友聽說了，警告我，大醫院的安眠藥成分較佳，不要在小醫院拿藥，萬一沒有認真看診，隨便給藥，後果不堪設想。

想想也是該正視問題了，於是請女兒挑了台灣最大的醫院——台大掛號，結果發現每位醫生都額滿，只能找沒有掛名的總醫師。

跳上計程車後，才想起女兒不知幫我掛的是幾診幾號。於是拿起電話問外子，麻煩他上網查詢，在狀況外的外子問我掛的什麼科？我直覺司機正豎起充滿好奇的耳朵，實在不想讓他誤會我得了精神病；但也沒法子，只好用小得不能再小的聲音說：「精神科」。我明顯看到司機透過後視鏡朝我多看了一眼，於是掛下電話後，跟他解釋：「失眠！只是拿安眠藥啦！」

司機企圖掩飾他的好奇，故意若無其事說：「現在得個精神病也不是什麼大不了的事，憂鬱症、躁鬱症、還有什麼人格違常的，哩哩叩叩，我常常載到。」

他又從後視鏡看我一眼，問：「阿汝系哪一種？」

「我不是啦！我只是失眠啦。」

他不罷休，追根究柢：「失眠係症頭，原因是啥米？」

哇咧！我只是搭個短程車子，還得跟他表白我長長的人生嗎？

「我不知道啦！就算知道也不跟你講啦！你再問，我就又發作起來了！」我故意嚇他。

這時，外子打來電話，說明診間，司機熟門熟路告訴我：「從常德街一進台大，還不到大門的右側那幢大樓啦！」

終於到了，我下車付帳時，司機用憐憫的眼光看我，並勸我：「……不管啥米代誌，汝著愛想卡開咧啦！人生海海啊啦！」

語言的弔詭

莊子與假惠施的「手麻之辯」！

醫生：怎麼樣？
我：手麻。
醫生：多久了？
我：快兩年了。
醫生：哪裡麻？
我：手指端。
醫生：哪個指端？
我：左手五個指頭。（我看向一進門就伸出攤放桌上的左手）
醫生：什麼時候麻？
我：什麼時候都麻。

醫生：睡覺麻嗎？
我：應該也麻。
醫生：你都睡著了，怎麼知道它麻？
我：所以才用猜測語「應該」啊！
（傻眼OS：既知睡著不知，為何問這白痴問題！）
醫生：………（陷入沉默）
我確信：我可能是莊子轉世，醫生卻絕非惠施投胎。

每一個今天都是我們
目前生命中年紀最大的一天！

「完全正常，你的骨頭一點都沒問題。」醫生看著X光片說。
「可是，它確實在痛啊！為什麼我先前的手麻也查不出問題？現在的腳疼也查不出。」我抗議。

「不是查不出，是沒有問題。人的年紀大了……」醫生指正我。

「請不要跟我說『年紀大了』！我的年紀還沒那麼大。」我糾正醫生。

「每一個今天都是我們目前生命中年紀最大的一天！我也是一樣。……年紀大了，每個明天都可能有各種無法預期的狀況出現。唯一的方法，就是自我調整。適度的休息啦！睡覺啦！……」

咦！這人是外子派來臥底的嗎！前半段的語言似乎充滿哲理，後半段的話說了等於沒說。

「怎樣叫『適度』？」我常這樣反問。

做了一場白工

昨晚回台中老家，今午得到台中文化局擔任文學獎評審。

外子的老同事聽說了，來約一起在台中市區吃晚餐，講好飯後到潭子我們家裡聊聊。

沒料到，我一夜睡得不安寧，起得晚了，早上又約了學生談出書事，精神有些不濟。然而，難得朋友來訪，在兵荒馬亂中，我們還是抽空大掃除。室內拖地板、換床單、收拾東西，室外剪花草、刷deck、洗魚池……，像國賓來訪般，攪得陣仗好大。一切就緒，外子累壞了，想小瞇一下，不許！會弄亂床單；女兒手提電腦延長線難看，不要再用電腦！收起來。屋子瞬間變成樣品屋，只許看，不許用。上車後，想想，又下車，放下竹簾，揭淨風鈴。

結局是，吃過飯後，朋友竟然說：「今天晚了，改天再去吧！」

改天？那怎麼行！我們三人面面相覷，那今天不是做白工了嗎？那可不行。

外子不放棄，力邀。朋友說：「今天下午上了三節課，改天吧。」

外子不依，還是力勸。朋友說：「明天還要上三節課，可能得回去休息了，你們應該也累了！還是改天吧。」

外子說：「要專程找時間不容易，既然人都在台中，就一鼓作氣吧。」朋友笑得尷尬，我實在看不下去了，出言制止：「就別勉強吧！隨緣就好。」

我完全了解外子力邀的動機，下回再來，要我們再重新大掃除麻煩可大了。

「是啊！是啊！你們也累了。」朋友的太太附和著。我感覺外子及女兒強烈的失落感，因為下午我落跑去文化局評審，他們真是累壞了。

「我們還好，不累……」外子還想作困獸之鬥，我看了不忍，索性半開玩笑地直說了：「為了迎接你們，我們可是花了好大的功夫把屋子整個都清乾淨了，你們下回再來可沒有這麼好的待遇囉？今天不但臉洗了，地板拖了，連床

單都換了。」朋友差點兒笑倒在地，朋友的妻子忽然另闢蹊徑，正經地給我們建議：「像你們偶而回來一趟，還得先擦地，真累人！你們可以去買一個 i-robot，清地可清得乾淨極了，連床底都鑽進去。」

朋友笑著補充道：「不買也沒關係，下回你們回來，我去給你們拖地，你們就別客氣了。」

我的失序五二〇

這幾日的活動頻繁，除了連番東征宜蘭並南下高雄、台南演講外，大學同學會、兩岸文學交流活動，最重要的是今天要去會會世新大學第一屆中文系畢業學生。

每天心裡都記掛著，告訴自己：「可別忘了！五月二十日在凱撒飯店。」

昨日出門搭公車，公車因遊行而改道；今天我計畫周詳，決定徒步前往，省錢兼健身。十一點多，我全副武裝完畢，正要出門，忽然又一陣大雨襲來。聽到外子在廚房內高呼：「可以吃飯囉！」兒子與媳婦晏起，時間尷尬，吃早餐就鐵定吃不下午餐；不吃早餐，怕餓壞媳婦肚內的小金孫女；外子於是睿智地提早開飯，大夥兒一起吃早午餐。

外面雨勢滂沱，我得等雨稍歇，否則必然淋得一身濕淋。踱進餐廳裡，看著一桌子的菜，口水差點兒滴下。一家四口圍坐，獨我一人站在一旁宣誓：「別以為我對這頓飯沒有貢獻！米是我洗的；兩道舊菜是我昨晚做的；魚是我拿出來退冰的。」其他四人面面相覷，不知我何以必須如此邀功。

外子引誘我：「要不要坐下來先吃一點？魚不錯哦！」我搔首踟躕，舉棋不定，最後為了體重，決定走開。走開前，感覺餐廳燈光幽微，桌前四人彷彿齊齊輕嘆了口氣。（是自我感覺良好嗎？）

轉回客廳坐著，心中忽然起了疑問？確實真的是今天嗎？為什麼學生會選擇總統就職的五二〇到車站附近聚會？不會又是我搞錯了吧？疑問一起，即刻起身尋找真相。我找出記事簿一看！哇！是五二〇沒錯、凱撒飯店也正確無誤，但是並非中午，而是下午三點！

天啊！差點釀成悲劇！人生要活得準確何其不易啊！記住了地點及日期，竟然漏失了時間點！我高興的衝進餐廳，飛快盛了一大碗飯，不明就裡的外子很有默契地拉過一把椅子，我很驕傲地宣布：「各位！你們一定要知道作為母親的我有多麼睿智！我剛剛居然心血來潮地再次檢查記事簿，赫然發現約會時間是下午三點！不是十二點！我可以在家吃午飯囉！萬歲！」

雖然我好像聽到兒子喃喃自語：「這也能叫做睿智？」但是，全家氣氛明顯轉為歡樂興奮，吃飯的節奏瞬間起了奇異的變化，加快加急，隱隱的較勁，怕輸給誰似的豪邁起來（明明桌上的菜就還很多哪）！更詭奇的是，室內燈光似乎也乍然亮了起來！（有母親在的飯桌就是不一樣啊！我覺得。）

飯後，我哼著歌，愉悅地為家人烹煮一壺好咖啡。像一首節奏分明的曲子，我很富音樂性的注水、扭緊蓋子；在另一邊的玻璃容器內加咖啡、點燃下方的小瓦斯爐，商請兒子接手照看；然後轉進廚房，從冰箱內取出大罐牛奶倒了些進打奶泡機；再以跳舞似的步伐跳到客廳，插電打奶泡；接著清洗幾只平日不大用的漂亮咖啡杯，一切就緒，感覺生命無限美好。

兒子、女兒宣稱不加牛奶，媳婦不喝咖啡，只吃蛋塔；外子傾注牛奶在他和我的杯內。

「今天的咖啡味道很特別。」外子喝了一口，說：「好像有水果的味道。」

我跟著喝了一口：「味道真的不一樣，你另外買了不同的咖啡嗎？挺酸的。」

外子說沒有，我取過兒子的咖啡試一口。「咦！他的咖啡沒有酸味。」

「不會是牛奶酸掉了吧？」女兒提出合理的懷疑。

媳婦大叫：「媽！你加的不會是冰箱內的那一大罐優酪乳吧？」

秦始皇早有遠見：書同文，車同軌。每種東西都該規定各自的統一規格，牛奶怎麼能讓它長得跟優酪乳一樣！政府真是不應該啊！難怪文友L還曾拿香港腳的藥往眼睛裡擦哪！

兒子出門前，踱進書房，問我：「你確定約會是今年的五二〇嗎？會不會是明年？」

十三歲的夏日驚奇

轉學到台中師範附小以後，母親捨不得讓我搭火車上學（我姊當時擔任觀光號小姐，可以為我申請免費火車月票），因為距離較遠，得走長路。於是，我每天搭公路局班車，到第二市場下車，再徒步前去上學。

當時民風保守，男女學生嚴禁交往，是所有乖與不乖的學生都知道的。

應該是夏季的某一天，鳳凰木排排站，花朵像一隻隻紅色的蝴蝶飛舞著，幾乎把整個天空都染紅了。晨起上學的我，惺忪著睡眼，坐在中排靠窗的位置。一時不知被掠過的什麼東西吸引住，驀然回頭尋索，竟然不小心看到車子最後一排的位置上，一對年輕男女正激吻著。

驚嚇之餘，立刻扭過頭來，雖只是驚鴻一瞥，卻印象極其深刻，女生穿著的正是台中女

中的制服，而那位男子則是穿著卡其制服的省一中學生。

心臟噗通噗通地跳，不是我情竇初開，而是對兩性激吻的畸形厭惡及道德性的譴責。「可惡！好大的膽子！居然瞞著家人在車上做出逾矩的事！」我打從內心深處鄙棄這兩人，甚至覺得他們罪該萬死。「一定會接受處罰的！老天不會坐視不管的。」當時，我這麼咬牙切齒地想著，捍衛著被深刻教導的性別藩籬。

至今不明白那位台中女中的學生那日何以出現在公車上，因為等到我考上女中後，發現她也混跡在通學的火車上，而我驚怖地發現：隨著歲月的逝去，那位升上高三的女學姊的眼皮，竟越來越往下塌。

幼稚無知的我，暗自下了斷語：「果然老天看到了！」一方面覺得老天有眼；可是，一方面又深感不安，好像我的詛咒真的生效，我成了這樁老天審判案件的提告兼見證人。雖說法網恢恢，沒有人被冤枉，但是那樣嚴厲的處罰是如此讓我膽戰心驚。才一年多的時間，女子的眼皮竟逐漸沉重到終至雙眼只剩細細一抹了。

每回，坐在車上，只要看到她奮力睜開下垂的眼皮和她的同學說話，我便不自禁萌生愧疚感。隨即又自我寬慰：「那不干我的事，是她自找的。」然後，學姊畢業了，不知去向何方，不知經過有效治療了沒？而我至今仍耿耿於懷，覺得欠她一個說法。

雖然，她可能從頭到尾渾然不覺有一雙眼睛一直追隨著她。

青春期，像一張被揉皺的紙張

學業失調，人際失衡，我整個青春期像一張被揉皺的紙張，再怎麼攤開撫平，細細舒張，最終還是難掩皺褶橫生的窘境。

渴望友誼，期待眾星拱月，卻一再落空。乏人開解調教，只一味慨歎命運乖舛，龍困淺灘。

年紀長些，稍知端倪，卻不知如何改進，只以更為矯情高傲的態度掩飾內心的自卑。

一進大學，我就做了件如今想來後悔不迭的事。

開學頭一天，老師來遲了。

一位男同學在教室後方高聲唱歌：「一個素蘭素蘭要出嫁啊要出嫁啊，素蘭！……」他唱得渾然忘我，而我忍得難受。於是，五分鐘後，坐在前排座位上的我猛一回頭，義正辭嚴朝他隔空放話：「這位同學，難道你不知道已經上課了嗎！可不可以請你別再唱歌了！」

此言一出，群情譁然，而我真的也被自己的聲音嚇了一跳，即刻回頭，像聖女一般，低頭看書，心裡砰砰跳。從此，我得了「烈女」的封號。

畢業幾年後的同學會裡，一位男同學施施然前來搭訕。「你還記得大一開學那一天的事嗎？就是有一位男同學在教室後面唱歌……有沒有？」我大驚失色：「不會是你吧？」

「正好就是在下我。……你知道當時我是怎麼走回位置的嗎？……說實在的，連我自己都不知道。太丟臉了，以為歌喉不錯，想讓同學見識一下的，沒料到竟被一位女同學聲色俱厲地斥責，害我臉都不知往哪裡擺。」

「哦！真是對不起！年紀輕不懂事，無論如何，請你原諒。」

同學輕聲笑了起來，回說：

「那時候真是年輕啊！也請原諒我不懂事。憤恨難消的我，不知如何是好，恨你害我沒臉。回家後，越想越氣，立誓此仇不報非君子。於是，每回上課必提早離家，早早到校，趁著同學還沒到的時候，在你的座位上踩出三個腳印。」

真相終於大白，一直潛藏心裡的外雙溪三個腳印之謎，等到答案揭曉，而時間已逾四十餘年矣。

我們相互致歉，握手言和，喟嘆年少輕狂。

從聚餐的餐廳窗口望出去，天空一片蔚藍，好似形勢一片大好；而不知怎的，我心卻陡然悲傷了起來——歲月不羈啊！當年那位無聊卻勇敢的女孩不知已然遺落去了何方？

約會

晴天欣然許下的約會

夜裡，枕上雨聲滴答，天明猶自纏綿。

心裡冷冷的、濕濕的，被子裹得再緊似乎都不濟事。

醒來，想到不但下午行程滿檔，連晚上都得出門座談，不禁懨懨悶坐。

晴天許下約會時的欣然，被雨水沖刷殆盡。

可憐的我，瞬間立成一株被

爬藤重重圍困的老樹。

與芬伶聚談

日子過得糊塗，怎麼也想不起是昨天？還是前天？抑或大前天？在福華和芬伶喝咖啡。從昏睡中醒來，迷迷糊糊地，見到未接電話一通，立即回撥，不管她有事無事，就是想見她一面。

飛車急馳，來不及坐下，我就拋出一個又一個問題追殺她，總等不及她回答完整就又歧出另外的話題，像是趕集似的，怕一下子晨光跑了，待售的青菜就要垂頭喪氣。回家後，想來想去，我們的話題都被我的慌亂一竿子打成斷斷續續，沒有一道題從頭到尾讓她完整作答。有時也感知她清晰地拐彎委婉拾回，也沒用。

是因為我沒睡好？還是太久不見？還是有點心急兩人的談話會無端出現空白？

人，絕對不該貪小便宜

近日，可能因為兩人都過度忙碌，兒子跟我有了些許言語上的扞格。昨日傍晚，我氣憤地寫了一封措辭強硬的信給他，並立誓再也不再和他溝通（至少兩星期）。

入睡前，為了堅定信念，我用凌厲的眼神對著鏡子握拳喊話，以示決心。

今早起床，兒子斜肩諂媚，問我：「您還在生我的氣嗎？」我沒好氣地回說：「那你說咧！」兒子訕訕然到廚房喝水去。

我忽然想起，早先媳婦幫我掛了今天的病號，到金山南路和濟南路交叉口看頸椎毛病，該處正在兒子上班必經之途中，而時間也正好跟兒子出門時間相符。如果搭他的便車前往，即可省下至少七十元車資。

這一想，我那堅硬的肩膀跟嚴峻的臉龐忽然變得鬆動。

兒子轉回客廳時，又說：「別再生氣啦！對不起啦！最近公司的工作實在太忙，變得沒有耐心。」我承認我真是個既委瑣又沒有骨氣的人，為了省下七十元車資，我立刻違背昨晚

的誓言，回他說：「你會經過金山南路和濟南路交叉口嗎？我可以搭你的便車去看醫生嗎？」兒子欣然應允。

於是，母子握手言和，只為了七十元欸！我覺得自己忒沒品的。

然而，省錢計畫最終事與願違。下了兒子的車後，我才發現忘記帶上先前在醫院照射的核磁共振ＣＤ，而距預約的時間只剩十分鐘。於是，急忙商請外子協助，坐計程車送來ＣＤ，匆忙之中，沒弄清楚兩件事，一是地點，一是哪張ＣＤ？

於是，將金山南路誤為杭州南路的外子，坐了兩趟極為短程的計程車，花費一百四十元；而匆忙之中，送來的是許久之前照的片子，而非最新的頸椎狀況。

我毀了一世清譽——為省七十元計程車費和兒子白白和解，最終卻倒貼七十元不打緊，還得帶著正確版ＣＤ另擇時間再去一回。

這個故事給我們的啟示是：人，絕對不該貪小便宜。

急驚風偏遇慢郎中

南下台南，到大灣高中跟師生們談文說藝。

來高鐵接人的好像是圖書館主任，非常熱情，一路跟我分享閱讀拙作的心得。有些內容，我自己都不甚記得，她顯然有些錯愕，以為我是詐騙集團派來的。而我一路應答得心虛，因為對往事記憶的模糊，讓我擔心她又將我誤認為廖輝英或陳幸蕙，幸而，一切都轉危為安——她沒認錯人，我也沒有完全失智，而且成功證明不是詐騙集團的成員。

轉危為安的，還不只對作品的回顧，看來對路況不甚熟稔的她，屢屢在某個還沒完成的句子中插入：「啊！這裡的路每一條都太像了，不知道有沒有走錯。」幾次下來，讓我頗為驚詫，我必須不時提醒她：「這裡有座大廟！你來接我時，有經過這座大廟嗎？這個目標很顯著的。」或者：「路真是這樣繞的嗎？為何剛剛你不直接走那邊？」她的回答一逕是：「啊！這裡的路每一條都太像了，真是拿它們沒辦法。」不過，雖然氣氛詭異刺激，卻也平安且看來沒有明顯錯誤的狀況下抵達。阿彌陀佛！

回程的時間較緊湊，她知道時間有些緊張，行動卻完全沒有配合。

坐在車裡，握著方向盤，光是跟校長說：「那我們現在就出發囉。」就說了大約三次才成行。在校園內，明明沒有什麼了不起的人潮，卻一路說：「現在正好是下課時分，孩子很多，得開慢點。」車子於是龜速行駛。原以為這位看來非常具有愛心的老師出了校園，會恢復正常速度，卻每每在綠燈轉紅的剎那停駐路口。「六十秒」「八十五秒」「七十五秒」……，一個又一個，她守規矩的程度更甚我家裡的老爺子不說，還興奮地反芻剛才的演講內容，並一路稱讚。而台南真是個慢調的城市，每一個路口都是長長一分鐘以上的紅燈，我心急如焚，就怕趕不上預購的高鐵。假裝看鐘婉轉催促，她卻說：「只要再橫過一個高坡就到了。」哪裡知道，那個所謂的「高坡」原來還在非常遙遠的地方。

有一次綠燈尚有一秒，我急得叫她快衝，她卻不慌不忙的說：「還是守規矩的好，警察想找我的碴是很不容易的。」我真是急啊，在六十 秒的紅燈前，我有些懊惱地跟她吐槽：「不是聽說妳們台南的紅綠燈只是參考用的，上回一位司機跟我說的。」做為一位台南的市民，我覺得市長賴清德應該頒發榮譽徽章給她，因為她頗不以為然地為她所處的城市的清白辯解：「沒有啦！我們台南人很守交通規則的。」話才說完，一位沒戴安全帽的機車騎士從眼前掠過，她不知是見著了還是沒有，輕聲補充：「只有戴安全帽這件事比較稍稍差了點兒。」

等紅燈時，她說話；等我回應時，她一邊開車，還屢屢一邊禮數周到的回望著一旁的我。這時，保持沉默不回應當然較安全，但她又因著我的沉默而望向我，更加危險。真是個穩重的女子啊！百分百的處變不驚。

而事實證明她是睿智的！車子到站時，距離高鐵開車時間還有十分鐘。

我們安全抵達。

廖玉蕙作品集 11

為什麼你不問我為什麼

作者	廖玉蕙
繪者	蔡全茂
責任編輯	鍾欣純
發行人	蔡文甫
出版發行	九歌出版社有限公司 台北市105八德路3段12巷57弄40號 電話／02-25776564・傳真／02-25789205 郵政劃撥／0112295-1
九歌文學網	www.chiuko.com.tw
印刷	晨捷印製股份有限公司
法律顧問	龍躍天律師・蕭雄淋律師・董安丹律師
初版	2012（民國101）年8月
初版 2印	2014（民國103）年3月
定價	300元

書號	0110711
ISBN	978-957-444-670-4

（缺頁、破損或裝訂錯誤，請寄回本公司更換）

國家圖書館出版品預行編目資料

為什麼你不問我為什麼 / 廖玉蕙著；蔡全茂圖. --
初版.臺北市：九歌, 民101.08
面； 公分. -- (廖玉蕙作品集；11)

ISBN 978-957-444-670-4(平裝)

855　　101012367